U0087584

JOY

享受讀一本好小說的樂趣

盛開

陳麒淩短篇小說集

自序

寫在春天裡的感謝

我是春天裡生的，冰天雪地的塞外，只有莽蒼一片白，所以父母最早給我起的名字，叫春紅，沒在大雪封山下歷經漫長冬季的人，不容易明白那種等待和忍耐，翹盼春天裡一枝花的顏色。

我的爸爸叫陳尚和，是個雙手極巧卻經歷複雜的人，他會畫、會篆刻、會寫對聯，也會為我做漂亮的書架，縫整齊的扣子，烙很薄很香的土豆絲單餅，他一生都滿懷理想主義的熱情，媽媽生我那天，躺在炕上陣痛難忍，爸爸卻興致勃勃地講著孫悟空大鬧天宮，他以為故事講得好聽，媽媽就把疼痛忘了。

媽媽的名字叫譚華瓊，六十四歲的她還有著少女般純真的氣質，她總相信人是善良的，愛是純粹的，卻也輕易因一點事傷心落淚，對世界失望，立誓要到很遠的廟裡做個尼姑，她從年輕到現在都這麼說——「要不是捨不得孩子」這是下半句，說完抹幹眼淚，繼續做她的飯織她的毛衣種她的菜，忙著忙著就不記得了，不知何時又哼起了小調。

有兩個發小陪我長大，一個是我妹妹陳怡靜，一個是我老姨譚華珍。妹妹是電台主持，常在電波裡指導別人的人生，她和我吵架總說永不原諒，把送我的東西一件件討回，然後很快忘了，出去玩看到好東西仍是買給她姐，風和日麗的一天，她又把打架討回的東西一件件還我。老姨是媽媽的小妹，開了一間地板店，小時候我是她的跟屁蟲，她教我唱羅大佑的〈童年〉，她領我看三毛的《撒哈拉沙漠》，十四歲的時候覺得老姨比親媽更懂我，我甚至一度想認她做乾媽，搬出來跟她一道生活——她只比我大五歲。

我去大學報到那天帶著一隻超大的箱子，幫我把箱子搬上六樓的師兄很愛笑，笑起來好像全世界的太陽都出來了，他叫林良基，後來成為我的先生。寫這篇序言的時候，有個十一歲的小小少年在我面前轉來轉去，一會兒送來兩粒糖，一會兒把鬧鐘的鈴聲調響，他時刻想引起媽媽的注意，這是我的兒子林子皓。

我最好的兩個朋友也是大學裡結識的，我們三個坐在一起聽文學課，一起在籃球賽後跟蹤暗戀的男生，一起在冬天的夜裡追逐紫荊樹飄下的花朵，一起分享一塊錢一碗的皮蛋瘦肉粥——總是把瘦肉絲夾到我的碗裡的她們，一個叫徐影影，一個叫符春盈。

從前總是不解，為什麼頒獎禮上人們都要說很多感謝，感謝的話總不免套路和乏味。現在想來，也許大家覺得，在重要場合說出來的感謝，會比較重要一些吧，尤其是對那些生命中重要的人，這心意，相關的那個人才懂，這感謝，那個人會覺得有意義。

這是我第一本書的第一頁，我最想在這裡寫上感謝。

我要感謝摯愛親朋給我的愛和包容，勇氣和力量，你們把我當成一件寶，讓我慢慢也相信自己是一件寶。

我要感謝平鑫濤先生，沒有您傾注的熱情和關注，這本書此刻不會誕生。

我要感謝瓊花、春旭和婷婷，還有為這本書寫下推薦語的作家們，你們為這些篇章花費了許多心思和心血。

我更要感謝此刻閱讀文字的你，時間和耐心是最寶貴的，而你們給了一份我。

再重的感謝也只能輕輕地說出來，請容許我終於說出來

謝謝！

名家推薦

這麼有韻味和古典味的文字，讀後，不能忘懷，只想一讀再讀。

——魔幻愛情天后／深雪

如果愛情是一朵花，可以一直停留在盛開的狀態嗎？但有花開就有花落，這是生命的自然法則。除非，把那朵花冰凍，或是製成花的木乃伊。這樣，花兒或許可以維持她盛開的姿態，沒有萎謝，沒有消亡，可是，也沒有了生命，沒有了芬芳。然而對待愛情，我們總是有著期待永恆的癡心妄想。我們希望愛情永遠是一朵最美的花，我們希望這朵花永遠是最盛開的綻放。陳麒淩藉由兩對戀人彼此對照的故事，寫出了只求愛情停留在盛開的矛盾、衝突與毀壞，也寫出了因為堅持不離不棄，經歷過枯寂的寒冬之後，也必然有的再次花開。

——名作家／彭樹君

〈買春〉的主角是一位六十餘歲中醫師，從買春不成，變成幫賣春女醫病，很有真實感，這種小說情節不是每個人都寫得出來的。

——文學評論家／楊照

目錄

盛開

1

她還在想，不知那是個什麼樣的女子。

忽然電話裡母親輕描淡寫地說了一句，「那妳也帶回來吧，難得湊齊這些人。」這話分明是有重量的，盧楓覺得懷裡多了些不清爽的醞釀，愈走近廖子籌的辦公室，她的步子愈不伶俐了。

五月的陽光灑在潔白的長廊，小碎金子般的質地，廖子籌的辦公室門忽然開了，人還沒出來，陽光已溢進去。

他就這樣浴著光出現在她面前，挺拔儒雅，白袍無塵似雪，「小楓，找我有事嗎？」他溫柔地望著她。

盧楓只好笑，「你怎知道我找你一定有事？」

「要不是有事，妳什麼時候肯親自上來過的。」廖子籌看看左右，行近些，輕輕拉住她的手，臉先自紅了。

盧楓只是低頭笑，兩人不說話，窗外天色真好。

「對了，你知道嗎，人家盧樺終於肯帶女孩子回家了。」過了一會兒，盧楓突然說道。

「哦，是嗎，太新鮮了，當年在班裡他可是睥睨天下，說什麼放眼都是庸脂俗粉，配得上他的女孩還沒出世呢！」廖子籌叫道。

「你也信他，只會胡說八道。」

「妳得承認，妳哥哥人才出眾，品味脫俗，眼光自然不差，不對，是你們盧家兄妹人才出眾，品味脫俗，眼光更是好得不得了。」

「順便也把自己誇上了啊。」盧楓羞他。

「那也得妳先看上我才行啊。」廖子籌緊握一下她的手。

樓梯那頭有人踢踢踏踏地下樓，好似邊走邊說著話，盧楓把手拿開，掉過話頭，「我這人一向不多事，倒是這次動了好奇，真想看看他的眼光，明晚上我哥帶她回來吃飯。」她看看廖子籌，他只是微笑著無語。

「你就不想看看嗎？」她追問了一句。

廖子籌笑道，「妳的意思是不是讓我和妳一起回家吃飯。」

盧楓抿嘴道，「天下哪有白吃的飯，我媽生日，你掂量著辦。」

廖子籌呼道，「妳的意思是不是正式拜見丈母娘？」

盧楓只笑著，一邊轉身一邊搖頭，「你看盧樺交的這些朋友，都跟他學壞了，一個個甜嘴滑舌，胡說八道。」

廖子籌看著她腳步輕盈地逃開，寬白袍裡身影娉婷，她剛才站過的地方亮堂堂地全是光，他看了一會兒，才慢慢地走回去。

2

一早請了半天假，就是想著早些到，可緊趕慢趕，還是遲了。

下了計程車，盧楓簡直是拉著廖子籌在狂奔，到了盧家大門前，她反而站定了。

「我們快進去吧，是不是沒帶鑰匙？」廖子籌問。

盧楓看他一眼，笑著緩口氣，「這樣氣喘吁吁地上去，不是討罵嗎，我媽最恨人家風風火火地沒教養。」

「都是我，不會買禮物，帶累妳跑這一下午。」廖子籌抱歉。

盧楓笑看他，「是我不好，派上個這樣難伺候的媽，今天要難為你了。」

進了大門，穿過草坪，小樓迴廊側有一雪亮鏡子，盧楓上前整整衣髮，回頭上下打量廖子籌，輕輕理理他的衣領，好聲道，「行了，上去吧。」

廖子籌跟著她走上樓梯，四面觀望，房子有些年月了，看上去並不奢華，它的講究在骨子裡，沉幽幽的紅檀香地板，吳昌碩的梅蘭寫意，小地毯錦緞邊上的暗金水線，不動聲色的雍容。

他知道盧家父母曾掌重權，又是世家，至少在本省是有些名頭的，他和盧家兄妹多年交情，卻也是第一次登門。

天色應該還早，但是樓裡已亮起了壁燈，四下的窗一例都拉上厚重的簾，有些壓人，客廳近在咫尺，然而說話的人聲嗎嗎，有誰喝茶掀開杯蓋，一霎清脆的陶瓷聲即逝，這靜肅讓人屏息。

廖子籌突然記起中學時一次，盧樺和幾個同學去他家吃飯，閣樓上是他的小房間，踩在地板上吱吱呀呀，那天盧樺在閣樓上跑來跑去，樂得不行，每走一圈，他便瞪大眼嚴肅地問，「會不會罵？會不會罵？」

現在才明白他為什麼這樣問。

盧楓扯扯他衣袖，先輕聲叫道，「媽，二舅，二舅媽，三姨，三姨丈，哥，對不起，我們遲了。」

他也恭敬問好。

坐下來才看清盧媽媽，她的保養不錯，妝容精緻，但眼裡稍冷的神色，兩條向下的法令紋讓她有些暮氣，和這屋子倒是一樣氣氛。

她周圍落坐著的親戚，也凝重而矜持，現在這些目光落在他身上，他有些不安，側眼卻見盧樺那廝，擠著眼睛偷做怪臉。

「爸爸還沒到嗎？」盧楓問。

「他什麼時候準時過？」盧媽媽淡淡地。

「哥哥不是說帶朋友回來？」盧楓轉開話題。

「啊，她在後面陽臺看山茶。」盧樺說，「山茶花開得正好。」

盧媽媽幽幽道，「我們從小就教小楓，不許她在人家做客的時候亂逛，沒個教養。」

盧楓起身，「我去陪陪她吧。」

她穿過飯廳，桌上已經上了冷菜，走廊幾個回轉，就見大陽臺的門開著，五月，花草正是綠得蔥蘢，月季花細甜的香慢慢地蹭到鼻子邊上，惹你心軟。

她定睛，望見花叢裡那女子的背影。

3

那是盧楓第一次見蘇鐵。

一個非常綽約的女子，看身影，短髮漆黑，深玫瑰紅短外套，亮銀緊身長褲，大盆的翠綠掩映著，她就是一株盛開的山茶。

不忍叫她，悄悄站在人後又嫌鬼祟，盧楓正躊躇著，那女子回過頭來。

這下兩人都輕輕叫了一聲。

她果真美麗，尤其是雙眼，黑是黑，白是白，如剛瀝過涼井水，清冽冽地透著水氣。

然而盧楓的驚詫不在此，那女子正手擒一隻白切大雞翅，手指亮著點點油光，吃得香甜。

「妳一定是盧楓！」女子喜道，「妳長得真美！」

盧楓控制自己的眼睛，不去留意那隻咬了一半的大雞翅。

「妳是哥哥帶來的朋友吧，真抱歉，我還不知怎樣稱呼。」

「叫我蘇鐵啊！」女子還在目不轉睛地看她，那是六歲孩童的眼睛，直刷刷地，沒有遮攔，「妳長得比我好看啊，不過我的腿可比妳長！」她機心全無，開懷一笑，瞬間繁花盛開，天地輝煌。

盧楓禮貌地笑笑，把眼睛轉到花兒上，半天才應道，「沒想到一晚上山茶全開了，妳在這兒賞花啊。」

「本來是看花的，誰知愈看肚子愈餓，實在是受不了，就去飯廳弄了塊雞翅，呵呵。」蘇鐵爽快道，「妳不介意我把它吃乾淨吧。」

盧楓強笑道，「當然不會，妳隨意。」

「要不要我也給妳弄一隻來，一起吃比較香。」她熱情地提議。

盧楓忙搖頭，「不用了，我不餓。」

「我喜歡你們家，吃好住好花兒好，人也好。」她邊吃邊真心地讚美。

盧楓心想這真是個新鮮又直白的理由，她待人接物一貫得體大方，眼下面對一根腸子通到底的蘇鐵卻犯了遲疑，不知該怎麼說話了。

好在蘇鐵沒空說話，她吃罷雞翅要洗手。盧楓才把她帶進盧樺的房間，就聽見樓下的汽車聲，是爸爸到了。

盧家父母分居多年，聚少離多，一家子湊齊了吃個飯倒好像動如參商。

盧楓輕嘆一聲，卻見盧樺一路尋來，滿臉希翼地望向妹妹，「小楓，妳看見蘇鐵了？」

「在你房間洗手？」
「怎麼樣？」
「當是世間少有。」
「那當然。」盧樺笑。
「不過我要告訴你，她剛吃了媽的那隻比翼雙飛大雞翅。」盧楓意味深長地看他。
「她一定是餓壞了。」盧樺有點尷尬。
蘇鐵開門一見盧樺，天真嫵媚地仰頭笑了，她兩手還濕，卻跳上來輕拍他臉，「毛驢，我喜歡你家這床，比我們小窩那張舒服多了！」
盧楓不動聲色地走開了。

4

後來，廖子籌想，當時滿座人能笑出來的，也許只有他一個吧。
盧家父母自然是面子不快的，他們兄妹也必誠惶誠恐，那些親戚們要笑，恐怕也等回家偷著樂。
晚飯草草結束，盧媽媽推說身體不適，大家樂得旋即作鳥獸散。告別的時候，盧媽媽沒搭他話，不知是因為沒聽見，還是在懷恨他那聲響亮的笑。
看著盧楓為難，他是有些後悔的，但是假如再來一次，他也難保自己不笑出聲來，那樣正大莊嚴的飯局，那樣獨一無二的蘇鐵，他甚至懷疑，盧樺是不是要報復童年的管教和壓抑，特意找了這麼一個活寶。要活活氣死他媽。

其實他是一忍再忍了。

當盧樺介紹爸爸給他們認識，蘇鐵真心感嘆道，「哎喲叔叔，你和阿姨真的很像啊，就像姊弟倆！」

當大家斟酌著客氣著安靜喝湯時，蘇鐵忽然來了一句，「看大家都餓急了，光顧著拚命吃連話都顧不上說了。」

三姨讚盧爸頭髮黑亮，蘇鐵也讚，「黑得就像真的一樣。」

二舅媽誇盧家的窗簾質料高貴時，蘇鐵按捺不住興奮地說，「我也喜歡這窗簾，好夠氣氛啊，拉上它好像是一群魔鬼在古堡裡密謀！」

蘇鐵祝酒，滿懷誠懇親切地站起來說，「親愛的毛驢媽媽毛驢爸爸！」

當盧媽媽夾了一隻雞翅膀給盧爸爸，支著筷子上下翻找另外那隻，因為每年生日他們都要各吃一翅，以喻示「比翼雙飛」，這時蘇鐵老老實實地說句，「阿姨妳不用找了，那隻翅膀在我肚子裡和叔叔比翼雙飛呢。」

給生日蛋糕插蠟燭時，二舅媽說盧媽媽雖然是五十三歲的生日，但看起來不過三十多，只插三支就夠了，冷不防地蘇鐵說，「我們上次去廟裡拜神也是插三支的。」

這時廖子籌再也忍不住了，噗哧一聲大笑出來了，驚天動地。

整晚都是蘇鐵唱主角，只那一會兒，眾人的目光總算各有心事地照他一照。

那晚回去，轉車到家洗澡更衣給電話安撫盧楓，輾轉至凌晨二點，躺在床上他還不睏。

他想，虧得今天笑出來了，要不可就憋壞了。

覺得心情特別舒暢。

次日中午和盧楓一起吃飯，仍是不禁問道，「那個蘇鐵，果真是無父無母嗎？」

盧楓笑笑，不答。

「她一般幫什麼雜誌拍廣告？」

「不清楚？」

「一個女孩子，兩個大箱子，東南西北地走，也不容易啊。」

「嗯。」

「膽子也夠大了。」

「子籌，我們整頓飯都在說蘇鐵——」盧楓停下，平靜地望著他。

廖子籌無來由一絲慌亂，忙道，「我承認我小市民情趣，好奇，八卦，對不起。」

「我媽說，我哥可以和世界上任何一個女人結婚。」盧楓嘆了口氣，「除了蘇鐵。」

5

盧樺想，這話無論如何也不能叫蘇鐵知道。

跟媽媽吵是一件很傷的事，那些重話砸傷她也砸傷自己，雖然門摔得氣勢十足，但他的心沒下樓就軟了。

媽媽曾說她的生命幾乎無痛，如果沒有爸爸的背叛，現在好了，再加上他。開著車子在城裡亂轉，道路無章如心事，塞車，期期艾艾的行進，他躁得按了一連串的喇叭。

總算出了郊外，視野頓時鋪開，稻田碧綠，雲際低垂，涼風自窗外急湧來，他張口呼吸，淚水幾乎墜下。

他不能沒有她，絕對不能。

虛活二十八年，她之前，他從不知道一個人可以給自己這樣的富足快活。

想起他們的開始，蘇鐵追他。

他去青島參加公司品牌的發布會，之後大家趕赴一場冷餐會，那天下著雨，工作人員和廣告模特兒都急著擠上大巴，蘇鐵也是那些模特兒中的一個，就是在擠的時候吧，她的三吋鞋跟擠斷了。

當時她的樣子真可憐，化了濃妝，看不出本來的清麗，蹲在人群外，徒勞地擺弄著鞋跟，低著腦袋，想不出主意，也不懂得避一避，雨就要把她打濕了。

他純粹是看不下去，跳下商務車，連把傘也沒打，衝過去就說，語氣還很重地，「誰讓妳穿這麼高的鞋，乾脆都弄斷吧，省得妳扭了腳！」於是他真的將另外那只鞋跟一把扭斷，力氣真大，他曾是省際大學生網球公開賽的冠軍，那可不是蓋的。

然後，他又跑回車裡去，連看都沒看清她，也不關心她是誰。

準備回來那天，把車停在酒店門口，打開後車廂放行李，回身卻見副座上不知何時已端坐一紅衣女子，他半是詫異半是惱火，拉開車門叫，「妳幹麼的，搭錯車了吧？」

「你又不是毛驢，幹麼大聲亂叫？」她雙眸閃閃，回頭一笑，彷彿身際千樹萬樹的花開。

那以後她就一直叫他毛驢，毛驢，天，從前誰膽敢給他廬樺取綽號，那是活得不耐煩了。但是對她，就連「毛驢」，他也認了。

「弄斷人家的鞋跟，你以為就不用賠了？」她嗔著白他一眼。

他渾身一軟，霎時沒了脾氣，不只因為她的美麗，人間脂粉他從來見得不少，她的那種，是很高很高山上的一片茶，在春天早晨的露水裡涼涼地甦醒。

是的，從此以後對著她，他總是沒脾氣，他的狂傲暴躁不耐煩化得煙消雲散，眼底心底除了溫柔，還是溫柔，比雲朵還雲朵比棉花還棉花的溫柔。

「那兩隻箱子是我的，你去給我放上來？」她的聲音脆如銀鈴。

「哦。」他迷迷糊糊，扛著那兩隻一紅一藍的箱子照做。

直到把車開出五、六公里，他才想起問，「妳去哪裡？」

「跟著你啊！」

「我回粟城。」

「那我也是粟城。」
「我要先去江海見個客戶。」
「那我就跟你先去江海啊。」
「妳到粟城哪裡？」
「你到哪裡我就到哪裡？」
「啊？」
「這你都不懂嗎，我要跟著你！」她偏過秀麗的頭，兩顆眼睛忽閃閃地看他，「我愛上你了。」
他吃一大驚，忙把車在路邊停下，心頭雜亂激越，脫口而出的竟是，「妳是說真的？」
「真的！」她回答得相當乾脆。
「那，妳叫什麼名字？」
「叫我蘇鐵啊！」
她的神態那麼乖純，目光卻又那麼靈動，像是大森林裡跑出來的一頭小動物，稚拙又勇敢，那麼放心地跟你走，天地間只信你愛你一人。
那就是他的蘇鐵，得之偶然，又如上天所賜，賜予他的至寶。
既然天給了，他不許人奪，管他誰。

6

傍晚回來的時候，下了雨。

盧樺在公司附近租了套房子，那是他和蘇鐵溫暖的小窩。

他朝物業借了把傘，小跑著穿過花園，進門發覺鞋已經濕了，屋子裡靜悄悄地，只聽得窗外的雨聲，他脫了鞋，光著腳就進去找蘇鐵，卻見她打著把傘，半個身子伏在陽臺上往下看。

「傻孩子，看什麼呢？」他溫柔地責怪著，「後背都濕了。」

「毛驢你回來啦！我怎麼沒看見你啊！」蘇鐵歡喜地扔掉雨傘，上來抱他，也不管水珠濺了這一地。

「要是知道妳趴在那裡看我，我就不打傘了。」盧樺緊緊地擁著她，好像怕誰搶了似的。

「餓了吧，給你留了好東西！」蘇鐵突然叫道，跑到廚房，兩手寶貝似的捧著什麼出來。

「什麼好東西？」

「五彩薯，據說啊是一種有五樣顏色的番薯，特別好吃，小孫從鄉下帶回來的，每人只分一個。」她小心翼翼地揭開一塊番薯皮。

「那妳就吃了嘛！」

「好東西當然要和你一塊兒吃，我饞了一天，聞了好幾次，拚命忍住了！」蘇鐵邀功地笑著，「來吧，我們去陽臺上坐，一邊喝茶一邊吃，還可以一邊聽雨。」

盧樺笑，「番薯和雨絲，這種情調真不尋常。」

「什麼情調，這就是我們的晚飯了。」蘇鐵振振有詞道，「我想城市人每過些日子就該清一下腸胃，吃些粗糧，多喝水啊，對身體好嘛。」

盧樺去捏她的鼻子，「少玩花招，定是妳今天不想煮飯！」

蘇鐵吐吐舌頭，還自強辯，「自從去你們家吃過好的，我就變得又饞又懶了，你問問你媽什麼時候再叫我們回去吃啊！」

盧樺笑笑，輕輕摟過她的肩，「行了，想吃好的，我帶妳出去就是。」

「好啊，叫上你妹妹還有那個男的，我就喜歡熱熱鬧鬧的！」蘇鐵歡叫。

「小楓的男朋友，也是我哥兒們，廖子籌。」

「對對，也是一對漂亮人兒！」蘇鐵想想又問，「你覺得是他倆帥還是我倆帥？」

盧樺想也不想道，「當然是我倆。」

7

盧楓回家看媽媽，小阿姨說她病了，一整天都沒下過樓。

盧楓輕手輕腳地來到臥室前，輕輕地敲敲門，媽媽在裡面怏怏地應了聲，「誰啊？」

推門進來，見媽媽向裡側臥，她近年瘦小了許多，躺在那裡，如孩童般柔弱。

「媽，妳怎樣了。」盧楓問。

媽媽回過頭，面帶失望，「是妳，我還以為是妳爸。」

「爸爸說過來嗎？」

「說是會來看看嘛。」媽媽擁被坐起，盧楓這才看清，她雖是病中，卻也是淡淡化了些妝，髮髻似是才梳過，睡的姿勢該是很小心，才可以這樣一絲不苟。

「我這件睡衣不俗氣吧。」媽媽問，「上次在法國買的，一直沒穿，妳爸沒見過的。」

「挺好的。」盧楓拿起床頭櫃上的藥瓶看著，「媽，妳的血壓又高了——」

「好啊，你們再來氣我一輪才好，不如把我血管氣炸。」

「妳還生哥哥的氣嗎，妳又不是不知道他的脾氣，氣頭上的話怎可以算數？」

「妳別提他，不只他，你們一個個都是！」媽媽又動了氣，「從前我還以為，什麼都靠不住，至少還有自己的骨肉靠得住，現在才知道，這世界，真的是什麼都靠不住！」

「多孝順的孩子，都怕媽媽生日太順當了不是，一個帶回來搗蛋，一個帶回來笑場，瞧這熱鬧的——」

「媽，其實子籌的人不是妳想的那樣。」盧楓忍不住辯道。

「總之不是個有教養的。」

「其實子籌一直想來向您道歉，但是又怕您見怪。」

媽媽哼了一聲，「妳走吧，我累了。」她躺下，翻過身去，被子一捲，後背有一塊沒蓋住。

盧楓想幫她掖好被角，手抬到半路，聽得媽媽催，「還不走？」

只好把手收回來，低聲叮囑兩句，輕輕帶上門出來。

小阿姨上前說爸爸突然有事來不了，要不要現在告訴媽媽。

盧楓沉吟了會兒，「妳讓她先睡一會兒吧，別那麼快告訴她。」

出門來正想給電話廖子籌，他卻恰恰打來，語氣如常溫文，「盧樺說請吃海鮮，妳在哪裡，我來接妳。」

8

兩人剛進餐廳，已經聽到蘇鐵高叫，「小楓，這兒，這兒！」

旁座顧客一時紛紛矚目，廖子籌低聲對盧楓道，「還好，她沒叫妳毛驢妹妹。」

今天蘇鐵穿了件墨綠色的衫子，耳朵上卻打了兩顆黑色耳釘，整個人愈發白皙新鮮。

她仍是一連氣地說，「看你們兩個走過來真是帥，不過毛驢說了，我倆更帥。」

盧樺忙敷衍過去，「點菜點菜，等會兒人多了，上菜就老慢了！」
廖子籌不看菜單，笑道，「小楓幫我點，她知道我吃什麼的。」
盧楓笑看他一眼，「你可別太信任我才好，當心我害你一把。」
廖子籌也笑，「妳要想害，即使是毒藥我也照吞。」
盧楓佯看菜單，「那我就點毒藥紅燒鰻魚可好？」
蘇鐵道，「你們兩個說話真有意思，要人想一想才懂。」
盧樺哈哈笑著，「他們兩個老夫老妻，說話都藏著掖著的。」
蘇鐵問，「有多老啊？」
盧樺道，「廖子籌暗戀算起，總有十年八年吧，這小子坦白過，人家是為了追我妹妹，才有預謀有步驟地先接近我。」
盧楓抿著嘴笑，「你還敢說，這樣居心叵測的朋友，你也敢要。」
蘇鐵接道，「毛驢，你就是人家過了河拆掉的那根木頭吧。」
盧樺大樂，「蘇鐵，妳也跟我學聰明了，瞧這話多有水準！」
廖子籌只好在一邊作無奈搖頭狀。
大家一路談笑融融，俄頃菜來了，蘇鐵點的豉汁鮑魚，掀了籠蓋，騰騰的香氣繞上來，她瞇著眼，把整張臉陷進去，「真香呀——」
盧樺摸摸她頭，疼愛地說「吃吧，要是好，咱們再點。」
廖子籌打趣，「我從來不知道盧樺同學也會對女孩子這樣溫柔。」

盧樺不爭辯，只呵呵一笑，「放過我吧，說說你們打算去哪度假，上次在我家才說了開頭。」

廖子籌看看盧楓，「我都是聽小楓的。」

盧楓道，「我們還沒確定，只一週，不能去得太遠，近的又不甘心，這麼難得一次假。」

這時蘇鐵插話，「哎毛驢我們上次去的那個海邊度假村不錯啊，海鮮很好吃很好吃，海水很藍很藍，最好玩的是別墅裡邊有溫泉，兩個人可以裸泳，那兒的大床是圓形的，怎麼滾都不會掉下來，天花板上還有鏡子，你們——」

「好了好了。」盧樺忙一臉窘相地打斷她，「快把鮑魚吃了吧，待會兒冷了就不好吃了。」

這時他電話響，盧樺看看，「是老杜，估計新公司的牌照拿下來了。」他拿了手機走到茶水間聽電話。

盧楓等了會兒，也抱歉地起身，「我失陪一會兒。」

這時蘇鐵吃了小半個鮑魚，心滿意足地停下來擦嘴，「味道太好了，可惜我只能吃這麼多。」

廖子籌不解，「為什麼？」

「就因為它太好吃了啊。」

「哦？」

「太好的東西，嚐一點恰恰好，就能老是回味老是回味，就永遠是最美的東西。」

「我不太明白。」廖子籌笑著。

「就好像是看戲，看到最精采的時候，你要捨得馬上出來，那這部戲啊就永遠是最精采的戲；就像是看花，花兒開得最盛的時候，你要捨得馬上離開，那你心裡就永遠留著那花兒最美的樣子。」蘇鐵認真地說，讓人第一次覺得她也許並不清淺，但是看她的眼睛，分明又那麼明澈。

「這話有點深。」廖子籌道。

「不深，我哪裡會說深的話，鮑魚好吃，第一口最美，要是吃到飽吃到膩味，那世界上就沒有這麼好吃的鮑魚了，那還有什麼想頭，不好玩了，不驚喜了，也不稀罕了，就是這個意思。」蘇鐵用筷子碰碰剩下的鮑魚，還有點不甘，「但是就這麼不吃了，還真要狠狠心腸。」

廖子籌想這歪理有點意思，卻又聽到蘇鐵自顧說下去，「我真佩服你和毛驢妹妹，十年八年啊，以後還要幾十年吧，就這麼天天在一起，一輩子在一起——」

「難道相愛的人不是要永遠在一起嗎？」

「永遠在一起幹麼啊！」蘇鐵圓著眼睛驚叫，「什麼美好的感覺都沒有了，我每次戀愛不超過三個月，三個月恰恰好，就像第一口鮑魚，多鮮啊，就像花兒開到最盛，多美啊，最好的時刻走掉，省得看它一點點變壞。」

廖子籌暗暗抽了一口冷氣。

那邊盧楓等盧樺打完電話，上前道，「哥，你知道媽病了嗎？」

盧樺深吸口氣，「小阿姨給我電話了。」

「那你不回去看看，你也知道，媽媽多生你的氣。」

「回去更糟，還不是要吵，那不更是氣死她。」

「媽媽也難，你知道的。」

「我知道，我就不難嗎，小楓妳哥快三十歲了從沒試過這麼快活！為什麼不讓我快活下去？」

「以後呢，總要面對的吧。」

「管他以後將來幾百萬年，除了蘇鐵，全世界的女人我都不要！」盧樺低沉地吼道。

盧楓無語。

9

飯局散後，廖子籌送盧楓回宿舍，家和醫院離得遠，為了值夜方便，盧楓一直住在醫院的單身宿舍。

時間還早，盧楓便煮了咖啡，房間裡只亮著一盞大白瓜燈，風掀著窗簾，讓人愜意的初夏夜。

盧楓按著廖子籌的口味調了杯咖啡，奶和糖的比例都恰到好處，不必子籌開口，他們一起，很多時間他都不必開口，她那麼善解人意，他還沒想到，她已經做到了。

「子籌，我今天回家看媽媽。」盧楓在他旁邊坐下。

廖子籌正尋思蘇鐵方才的那席話，只隨便應一句。

「我媽媽心裡有芥蒂的，她為人是太講究了，但總是我媽，我們小輩讓她幾分也是應該。」

「盧樺和蘇鐵在一起有三個月沒有？」廖子籌突然問道。

盧楓不悅，「我不習慣在背後議論別人的事情，也不關心。」

廖子籌連忙坐起，「對不起，我只是偶爾想到，因為今天蘇鐵說——」

「我不是說了，我不關心別人的事。」

「那好吧，對不起，其實我剛才有聽妳說，妳說妳媽媽怎麼了。」

「我媽媽對你有誤會，你也是知道吧。」

「我不是向妳道歉了嗎？」

「但是你還沒向媽媽道歉。」

「其實至於嗎，我只是笑了一聲，那情景正常人都會笑出聲。」

盧楓不說了，她一委屈就沉默，這招遠勝於大吵大鬧。

果然廖子籌賠笑了，「好了，好了，妳要是真讓我去，我還能不去嗎？」

盧楓心一酸，這是什麼語氣，難道他不知道媽媽對她的重要，對他們將來的重要嗎，就當是為了她，受點氣又怎樣，這點小事都不爽快，還奢望他將來如何如何？她低著脖頸轉著杯裡的小茶匙，「要是這麼勉強，就算了。」

廖子籌軟下來，「好了，別生氣了，妳說什麼時候去？」

「明晚吧。」她不動聲色。

廖子籌挨近來，唇邊幾乎觸到她柔軟的耳垂，「小楓，蘇鐵說的那個度假村，我們何不去體驗一下？」

見她眉頭微蹙，面色瑩白，他心裡一動，正想深深吻下，冷不防盧楓突然站起，他撲了個空，又羞又惱。

「子籌，我以為愛是尊重，是等待，正因為尊重，所以我等待。」盧楓平靜地望他，彷彿自人間煙火之外。

「好的，我尊重，我等待。」廖子籌站起來，笑笑，「妳早些休息吧，明天上午好像妳還有一台手術，我也累了。」

他打了個哈欠，懶懶地抓起地櫃上的鑰匙，徑直開門出去。

盧楓覺得有些不安，平常廖子籌回去，總要輕輕抱她一下，是儀式，也是慣例，但今天沒有。

或許真是累了，她想。

收拾桌上的杯子，他那杯咖啡，才喝了一口，仍微微地溫著。

她把那杯咖啡握在手裡，悵坐在椅子上不知想什麼，直到它涼掉。

10

蘇鐵早醒了，誰家的嬰兒車一大早就推出散步，簡單的音樂一遍遍響。

她不動，捨不得動，盧樺怎麼睡的，不知何時把頭蜷在她胸前，像個寶寶，又像隻小熊，還像隻小豬，最像頭毛驢，那也是頭漂亮的毛驢，她忍住笑一眨不眨地看他。他的氣味很好聞，暖暖的乾乾爽爽的，她想到秋天的桉樹林，筆直光滑的樹幹，嘩啦嘩啦的葉子，清清的香氣。

多好，多好的光景，她深深地嘆息著，心裡馬上一個聲音喊，夠了，足夠了，該起來了。然而還是不忍，不捨，不甘，她低下眼簾，一寸寸地貪著這刻的美好。

陽光從窗簾的縫隙裡鑽進來，一道金色的水流閃閃跨過他們的身體，她被吸引了，抬起手，下意識地去摸。

盧樺一隻眼睛半睜，偷看蘇鐵一眼，又緊緊閉上。

蘇鐵玩夠了陽光的把戲，又輕輕地去搔他的鬍碴，她一直覺得男人的鬍碴最性感可愛，短短密密傻傻地扎手，像個神氣的小灌木林，像剛剛收割的麥田，還像把又短又硬的小鞋刷。這時盧樺含糊不清地說了句，「對了，就是那兒，癢。」

蘇鐵一巴掌打在他屁股上，「毛驢，你那麼大的一個腦袋，頂得我動也不敢動！」

「別動，這樣多好。」盧樺笑著一把摟過她，「一刻千金，千金我也不換。」

蘇鐵急了，「可我都快讓尿憋死了！」

她光著腳一溜煙跑去洗手間，盧樺在後面大笑。

「我都不願意上班了。」盧樺打了一半領帶，又跑過來賴在蘇鐵身邊。

「那你就別去了唄！」蘇鐵說。

「我想天天，不，每一刻每一分每三百六十分之一秒都看到妳，晚上覺也捨不得睡，要把眼睛撐開看妳。」

「好啊！」蘇鐵笑，「要是眼睛實在睜不開，我就拿兩根小牙籤給你撐開。」

「牙籤太疼了，膠水就可以了。」

「那得要用萬能膠才行。」盧樺忍不住又去吻她，「真的不想上班了。」

「那你就去上一會兒，然後說肚子疼跑回來。」

「也不能天天肚子疼啊。」

「那你就把我變成個小芭比娃娃，裝在西裝口袋裡，你開會，我在裡面給你撓癢癢。」

「然後沒人的時候再把妳變大。」

「記得變高就好，可不要變得太胖。」

他們兩個你一句我一句地胡說八道鬧著玩，而此時，時鐘靜靜地繞行，光線靜靜地穿灑。

11

盧楓只得一個人去見媽媽。

臨到下午六點廖子籌才發來短信說，臨時有個急診，實在是推不掉，不能跟她回去。當班醫生有急診很正常，但她記得，這星期子籌都是值下半夜，這刻他該在宿舍睡覺。

她不願自己成為一個諸多猜疑的人，但是這鬱鬱卻堆積在心裡，又少不了在媽媽面前強笑著幫他打圓場。

媽媽今天心情卻不錯，親自拿了剪刀在陽臺上剪枝，繁枝瑣葉紛紛落地，陽臺上漸漸光朗了起來。

她淡淡說了句，「忙就忙嘛，當醫生都是這樣，沒天沒地的，要不是當年妳哭著去求妳爸，我說什麼都不同意妳考醫學院，現在好了，還找個比妳更忙的。」

盧楓只好溫婉一笑。

「見著妳哥了嗎？」媽媽裝作隨意問。

「都有好幾天不見了。」盧楓小心地說，「他最近都在忙新公司註冊的事。」

「見到那個女人了嗎？」

「嗯。」

「哼！」媽媽剪刀一響，落下一朵飽滿的山茶。

「其實蘇鐵心地是不壞的，禮儀上的東西可以調教——」盧楓壯著膽子說，「而且哥哥確實喜歡她。」

媽媽不響，剪刀哢嚓哢嚓，新鮮葉子截斷的綠腥味兒，帶著點殺氣。

「你們都以為媽是個心胸狹窄裝模作樣的人是吧。」媽媽突然冷笑道，「可巧了，妳爸也是這麼幫她說話。」

盧楓不敢吱聲。

「將來妳當了媽就會知道，天下有沒有和自己孩子幸福作對的父母！」媽媽累了，她放下剪子，一綹亂髮頹然拂下，這使她看上去有些憔悴。

「那女人不是安分過日子的人啊，我一看就知道。」她微微喘著氣。「妳哥又那麼死心眼——」

「他總有一天會知道痛的，我能做的，就是讓他短痛。」媽媽在椅子上坐下，接過盧楓端過的熱茶，微微啜了一口，「有空妳不妨告訴他，他戶口上那幾百萬，我給凍住了。」

「媽，妳明知哥哥要和人開公司，那是啟動金！」盧楓驚叫。

「人生有時候要學會取捨，尤其是一個男人。」媽媽面無表情。

12

蘇鐵送盧樺上了班，依依地回屋來。

盧樺換下的睡衣扔在床上，她癡抱在懷裡把臉深深貼上去。一腔熱愛無處遣，她把盧樺的衣服一件件找出來熨燙，那些襯衣西褲本來在洗衣店就燙好了的，她卻想，自己親自熨一次，用帶著愛的手，就能把愛也熨進去。

她不是個會幹活兒的人，忙了一身大汗，中午也不吃不睡，笨手笨腳地好不容易完工。

站在櫃子邊上，把衣服一件件地掛好，她忽然有點感喟，毛驢啊，我的愛都在你的衣服裡頭，你穿著這些衣服，就是穿著我的愛了，記著嗎？

似乎有點傷別的味道啊，她隨即一笑，不想那麼多。

盧樺回來時，蘇鐵正兩手舉著衣服架子掛衣服。

他上來給她一個大大的熊抱，不管她手裡高舉著的衣服像翅膀，「蘇鐵，知道今天什麼日子？」

「燙衣服日！」

「妳給我燙衣服了？妳不是說妳從來不給男人燙衣服嗎？」

「不知怎麼就情願給你燙了。」

「蘇鐵，今天是我們相識一百天，還記得嗎？」盧樺眼裡盡是溫存，「我有禮物給妳。」

他興奮地拉開皮包，從裡面拿出一份樓盤的樣板房圖紙鋪在小桌上。

蘇鐵有些分心，一百天了，已是三個多月了啊。

「快來，看我們的新房子！」盧樺一把拉她過來。

「本來想和妳一起看過再下訂的，但這房子太好我怕人家搶了。」盧樺興致勃勃，「原來的買主是我一個客戶，剛裝修好就要移民，急著轉讓，妳看這是空中花園，妳不是說過最喜歡看花兒的？這是朝南的陽臺，可以看到十萬里碧波湖！」

「不錯啊！挺好！」蘇鐵讚了句，卻問，「可是，何必要買新房子？」

「當然要買新房子！」盧樺愉快地大叫，「沒有新房子怎麼娶妳？」

蘇鐵猶豫了一下，沒出聲。

盧樺以為她在專心聽，更滿眼憧憬地說，「從此我們天天在一起，我賺錢，妳燙衣服，我煮茶，妳澆花，生他幾個吵吵鬧鬧的小孩，永遠永遠也不分開，好不好？」

半晌不見蘇鐵回應，盧樺故意沉下臉道，「不許妳說不好，知道嗎？」

蘇鐵笑一笑說，「我哪裡有說不好啊！」

「看看，幹活兒幹累了吧，無精打采地。」盧樺注意到她的臉色。

「我今天中午沒吃也沒睡。」蘇鐵順勢說道。

「那我叫個外賣上來，妳先睡一會兒，我去把房子的首期辦了。」盧樺想想又回過頭，佯作威嚴狀，「不許妳說不好啊！」

蘇鐵笑了，靜靜地。

13

廖子籌那晚倒是真有個急診手術，一直做到晚上十一點，腰都伸不直了。

不過他得承認，其實那個手術他可以不去的，馮主任本來沒叫他頂，是他自己爭著說有空。

就是不大想跟盧楓回家。

那個家和家長，是低氣壓，憋得人憑空矮掉，憋得人透不過氣。

認識他們的人都說，廖醫生前途無量，未來岳父岳母的威望和能量在那兒擺著，他不想上位都難。

還有人說他處心積慮，目光長遠，得了佳人又賺了資本，坐直升機般少奮鬥幾十年。

不知盧楓會不會這樣想，如果連她都不懂他的心，那就——

她可知道，他只想愛她，凡此之外，再無其他。

何時開始，回頭看，過往的記憶像一場大霧。

初三那年，春天，小雨溟濛，十二歲的盧楓給哥哥送傘。

正上著課，他的座位臨著後門，一直聽得專心，卻不知為何突然轉了下頭，而她恰一身白裙翩然而至，雅致潔白，落落大方。

教室很靜，他怔望著她，不曉得說話。

她怕驚動別人，掏筆在掌上寫了「盧樺」，張開手讓他看見，然後遞過一把折疊傘。

他接過，點頭，鄭重如受千金。

然後她嫣然一笑，飄飄離去。

幾乎沒有人注意這幕，他握著傘心跳如撞鹿，待下課將傘轉交盧樺，一句「有個白裙子的女孩送傘給你」說出來時臉竟有些微熱，他想，他緊張什麼。

「那是我妹，都說小雨不用打傘，偏要送來！」盧樺沒好氣地，他那時典型的大少爺脾氣，為這個，廖子籌從來不願多和他說話，省得落個巴結的名聲，他家境雖平常，卻不肯輸了骨氣。

而那天起，廖子籌不管這些了，他主動要求參加盧樺的足球隊，一起做練習題，請他來家裡吃飯，他積極甚至有些殷勤地忙這一切，只想常常打探她的消息；他五點半起床跑過半個城市，裝作經過她上學的地方，等著和她打個招呼，再一路急跑著去上學。

的確是處心積慮。

他愛她多久，這條路走了多長，而如今仍在走，即使是現在，他也常常起疑他們是否真的已經走到一起，她高貴莊重，他有時敬她如神，隔著煙火似的遠。

她亦鮮少表白，想想這麼多年，她似乎從未說過愛他，只是默認，頷首，亦步亦趨，唱和有致，如果心意互通，話自然是多餘的，可是有時沒了那句，又始終好像少了份確證。

不過是在花園裡等她吃午飯，幾步間已經思量了這麼一大片，廖子籌啞然失笑。「子籌——」抬眼間盧楓已經來到眼前，她的步子有些焦急，聲音卻盡力控制得低柔，「陪我回家好嗎，家裡出了點事兒。」

廖子籌忙叫了計程車，問她怎麼了，盧楓看看計程車上的司機，把話嚥下。下了車她才說，「我哥快瘋了，在和媽媽吵。」

停一停又說，「蘇鐵走了。」

14

蘇鐵走了。

沒打招呼，也沒徵兆，前一晚洗的內衣還掛在曬衣繩上，毛巾牙刷拖鞋都在那兒，早上盧樺上班時她還求他，晚上回來到熟食鋪子給她買隻醬鵝腿。

只是帶走了她那兩隻大箱子，那兩隻箱子，紅色裝的是衣服，藍色那隻，還真不知道裡面裝的是什麼，盧樺從未見她打開過，他也沒好奇。

她留下一張紙，用很粗大的黑字寫著，「最親愛的毛驢，你的愛太好了，只要我一天活著，都是最美的回味。」

他不信她走了，坐在窗邊等到天黑盡，一遍遍地打她手機，狠狠地又沮喪的神氣，即使那邊一遍遍地回答，您撥叫的用戶已關機。

很倒楣的一天，上午去交房款，信用卡提不出。去銀行查，才知道款項全部暫時凍結，這筆款子有一些是自己的，一大半是向媽媽借的，他的錢一向交給媽媽打理，蘇鐵之前，他一直是媽媽的乖兒子。

出了銀行，老杜電話，告訴他應聘的人很多，讓他過來看看，順便要他資金盡快到位，新公司擇日開張。

他在路邊給電話媽媽交涉，媽媽說，「我不把你的錢凍住，早晚讓那女人拿走。」

「為什麼妳就不願意讓我幸福？」

「這個人不會給你幸福！」

「是不是因為妳不幸福，所以也看不得別人幸福？」情急之下，他把話說重了。

媽媽頓住了，然而很快她又恢復了冷峻的語氣，「你想怎麼說就說吧，總之她一天在，這些錢我一天不會交給你。」

「那妳永遠都不用給我了，我永遠都會和她在一起！」

他掛了電話，一肚子委屈趕回來，仍沒忘記在路口給蘇鐵買醬鵝腿，汗津津地跑上樓梯，開門的時候，怕裝醬鵝腿的紙袋放在地上會髒，特意一隻手捧著，左手拿著鑰匙擰開鎖，費了老大的勁兒。

門裡卻只剩空屋，蘇鐵已經離他而去了。

他就是不相信她會走，他們倆那麼好，那麼好，她哪有走的理由？

那夜裡他滿城地找她，沒有方向和目的，她到過的地方，沒到過的地方，有人的地方，沒人的地方，他都扯著喉嚨叫，叫得嘶啞，叫出血來，「蘇——鐵！」凌晨四點半，在碧波湖畔，幾個保全請走了他，附近的居民報了警，說那人叫得像中了槍的狼。

他想破了腦殼，都不明白是誰要拿走他的幸福，就像給一個孩子糖，他歡喜地正要剝開，卻有隻大手一把搶去。

第二天他總算明白些，擁有這隻大手能量的人，不是他媽，還能是誰？

15

體面人家的吵架原來也和市井無大異。

盧楓不避子籌，是把他當成自家人了，然而他能做的也只是把盧樺按在沙發上，徒然看著他們兩敗俱傷。

有那麼一會兒，廖子籌幾乎脫口而出蘇鐵的那個什麼三個月理論，或是叫第一口鮑魚理論？鮮花盛開理論？

但他沒有，說不清為什麼，這個場合，這種空氣，他開不了口。

如果蘇鐵的歪論本來就顯得荒唐，那麼他不願冒險，做那個轉述荒唐的人。

哥哥和母親的僵局讓盧楓傷心，回來時她一路無語，忽地看他一眼，幽幽地說了一句，「我小時候，總希望媽媽變成學校門口那個賣烤豆腐的大嬸。」

廖子籌一笑，「哦？」

「那個大嬸，總是笑呵呵地，從不動氣，她的烤豆腐永遠熱騰騰地。」盧楓神往著，「每次去買，她都會摸摸我的頭，我喜歡她身上那種熱呼呼的味道。」

廖子籌張開手掌，輕輕地摸了一下盧楓的頭，「像這樣，是不是？」

盧楓笑了，「那時候多傻，好像就為了她這個動作，我吃了整整一個學期的烤豆腐。」

她又笑笑，卻把眼睛避開了。

廖子籌有些心酸，他清了清嗓子，「小楓，其實我媽也賣過烤豆腐，不過是在家裡的店，她也是個熱心的人，她會很喜歡妳的。」

盧楓抬眼輕問，「她知道我嗎？」

「知道很久了，也想見很久了，不光是她，還有我爸，我妹，我大哥，我大哥在邊疆服役，三年才回來一次，這次他和嫂子小侄子回來，後天就要走了。」廖子籌說完，站住了。

「是不是我該去見見他們？」盧楓有些不安。

「我只怕妳不願意。」廖子籌眼裡帶著希冀的神色，「媽媽的手藝很好，就是家裡地方窄些，怕妳不習慣。」

「你以為我是誰啊？」盧楓嗔道，「你不出聲，難道要我主動求你帶我見你家人？好像多想嫁似的。」

廖子籌喜不自勝，「那說好了，明天晚上到我家吃飯，我現在馬上回去告訴他們！」

盧楓笑著，「告訴伯母簡單些就好，不要太麻煩了。」

子籌快口接到，「妳不知她想被妳麻煩很久了。」

16

上午院裡開民主評議會，關於幾個醫師評副主任職稱的事。廖子籌也是這次的討論人選。

恰巧坐在盧楓對面，雖然中間隔著幾個專家領導，但是無礙他們眉目傳訊。他在這邊做口型，擠眼睛，因為心情大好，所以特別頑皮。

盧楓只是淡淡地笑，怕人家嫌他倆高調，後來索性不去看他，只專注開會。

討論子籌時，馮主任不吝讚美之詞，「年輕有才幹，業務出色這些大家都說到了，我再補充一樣，就是廖醫生的人品同樣出色，他助人之心尤強，上週有個急診的病人要動手術，但是當班醫生卻因急性腹瀉不能上陣，我本來要找謝醫生回來，是廖醫生極力請纓，主動放棄了約會和個人休息時間，成功地完成了這個手術，而手術之後他還要緊接著值夜班——」

廖子籌有些坐不住了，他頻頻偷眼去望盧楓，卻見她正襟而坐聽講，臉上若無其事，根本看不出喜怒。

好不容易待到會散，他急著要向盧楓解釋，天知道該如何解釋，那就只好認罪了，少不了她有一陣子齟齬。

而盧楓沒看他，卻和幾個女醫生說說笑笑地走出會場。

他只好叫，「小楓，等一下我有話說。」

女醫生們哄笑道，「真是郎本多情啊，這麼快又有話說了！」

盧楓微紅了面皮不語，偏這時馮主任叫住廖子籌，要他填幾份表格，他只好心上心下地看著她先走。

卻說盧楓心裡著實有點生氣，子籌不願去跟媽媽道歉，她可以諒解，但他不應該騙她。

騙是另外一回事，雖然情節可輕可重，但在女人看來，這至少是重的開始，這一次算了，下一次你能知道他騙你什麼，你又怎能再安然美好地把所有信任都投注給他？

等廖子籌再去科室找盧楓，盧楓卻又在為產婦做檢查，這個時段的來人最多，他連說句私己話的間隙也抓不到。

只能隔山隔水地說一句，「小楓，今晚我等妳。」

盧楓面無表情地應句，「我正忙著。」

他只好訕訕離去。

此時廖家已經開始準備今晚的盛宴了，廖媽媽一早就去菜市場大包小包地回來，又叫廖爸爸騎摩托車去城郊買土雞，買甲魚，又要子籌妹妹子珊灑掃亭閣，窗帘布是昨晚洗的，今早還未大乾，桌布是新買的，鋪上去新乍乍地有些顯眼，廖媽媽跑上跑下，心慌慌地總擔心漏了什麼，一家人都派了任務，連同是作客的大嫂和五歲的小侄子亮亮，也要早起拔雞毛。

子籌大嫂暗地裡向大哥發牢騷，「什麼公主似的人物啊，要一家子緊張成那樣？」子籌大哥兄弟感情要好，子籌更是他的驕傲，於是他忍不住喝斥老婆，「子籌第一次帶女孩回家，妳少多嘴！」

大嫂黑著一張臉向廚房去了。

17

五點半下班，盧楓趕緊回宿舍換衣服，她一天都在想該穿什麼衣服合適，不能太嚴謹，又不能太隨便，既要顯得人精神，又不要太刻意，想來想去自己有件淺紫色的裙裝還好，可穿上才覺得領子有點低，有一方絲巾最好，自己原是有塊很配色的細花絲巾，卻怎麼也找不到了，這時忽然記起是上次留在家裡了。

廖子籌在醫院門口等她，盧楓匆匆跑過來，「我媽的血壓有點高，我拿些藥回去，很快的，行不行？」她沒說主要是為了回去拿塊絲巾，順便送些藥，男人不會懂得，女人那麼在意自己完美的出場，甚至不惜一切代價

子籌掏出手機看時間，電量只剩下一格，模糊顯示出，五點四十分。

他笑了，「當然行，我家七點才開飯，我陪妳一道回去吧。」

「不用了，你在你家街口等我，我認得路，到了我給你電話。」

「那也好，我回去準備。」子籌打趣，「有道菜只有我會做，連我媽都要給我打下手。」

盧楓笑，「你不要讓我期望太高才好。」

她打車回家，匆匆取了絲巾，沒驚動廚房裡的小阿姨，也沒顧得上和媽媽說一句話，事實上媽媽終日在臥室裡躺著，為養兒不肖而傷心欲絕，根本不知她回來過。

盧楓坐上計程車一路疾馳，才六點過五分，她的心稍微放下一些，卻突然想到匆忙間忘了買禮物，第一次去人家，至少得有個果籃吧，聽說還有小朋友呢！還好路上有間超市，等下經過順便就可。

車剛下高架橋，卻見前方有人攔車，這個地段是不准上下客的，司機忍不住罵句，「神經病。」

盧楓無意間向外望去，看見攔車的是一個孕婦，她個子不大，腹部卻高高隆起，想是宮縮開始了，一隻手捂著肚子，疼得彎了腰，計程車很快把她拋在後面，盧楓一邊回頭一邊說，「師傅，攔車的是個孕婦，她快生了。」

司機不帶感情地說，「我也沒辦法，又不能把妳扔下，那裡又不能停車。」

「求你轉回去吧，你不停，別人也不會停的，會出人命的。」盧楓急道，「求你了師傅，車資我出雙倍好不好？」

司機從反光鏡裡看了她一眼，默默地轉過通道，加速往回開。

那孕婦已經疼得站不住了，她半蹲半跪，臉上全是汗水和淚水。

車剛停穩，盧楓連忙跳下來扶住她，司機也過來幫忙，兩人合力把孕婦弄上車。

「別怕，深呼吸，保持力量，很快就會好的。」盧楓給她擦汗，溫柔地安慰她，「我是產科醫生，我會陪著妳的。」

那孕婦感激地點點頭。

計程車飛速向醫院駛去，孕婦的呻吟聲開始平靜下來，盧楓的心事卻變得沉了。

六點四十三分，她撥著廖子籌的手機，反復數次都是「暫時無法接通」。

此時，廖子籌正在廚房力揮油勺，大顯身手，他很專注地烹製自己的拿手好菜，立志要發揮出最佳水準，他牢牢記得盧楓說過不要讓她期望太高，卻一點兒也不記得給自己的手機充電。

18

孕婦的情況不大好，胎兒太大，羊水不多，她的骨盆又窄，拖延一分，危險便增添一分。

盧楓早換上了白袍，她低聲問那孕婦，「這樣的情況，只好剖腹產更安全，妳的先生什麼時候到，要他簽字才行。」

孕婦的臉早已痛得變了形狀，她從牙齒裡擠出幾個字，「沒有——他——沒有，妳——求妳——救我。」

不能再等下去了，盧楓臉色沉毅，她吩咐護士準備麻醉，然後拿起簽字筆。

媽媽常說他們兄妹兩個什麼都不像她，就是這點像，死心眼。

盧楓也是一個念頭走到底的人，她此時的念頭就是，救人，除此之外，不管了。

廖家，七點鐘。

一桌好菜，蒸氣嫋嫋，大家正襟而坐，爸爸媽媽還換上了新衣裳。

廖子籌這才發現手機沒電，他忙換上電池，撥了回去，沒人接聽，打回她家，小阿姨說沒見她回來過。

他心急火燎，怕盧楓路上出了什麼事，急急忙忙就要出去找。

媽媽交代他別急，慢慢來，他們等多久都沒問題。

廖子籌順著盧楓該走的路線轉了兩趟，車流暢通，天下太平，不像有事發生的樣子啊。

他又慌慌張張折回醫院，當班的護士告訴他盧醫生在手術室，一顆心這才回到原處。

人沒事就好，但是一絲嫌怨隨即上來，平空怎麼又跑回醫院做手術呢，明明約得好好的，她不是那麼沒交代的人啊。

八點半了，手術還沒結束，他不想再等，無精打采地回家。

桌上一席菜還沒動，亮亮吃了米飯，老想吃塊鹽焗雞，嫂子偷偷夾給他，卻被大哥罵沒規矩。

嫂子也是餓了，話裡帶著氣，「人家就是金枝玉葉，你兒子就是破燈爛盞，吃塊雞肉都不配，亮亮來，你給我吐出來，那不是給你吃的，餓死你才活該！」

爸爸媽媽打圓場，「讓他吃嘛，讓他吃嘛，可把孩子餓壞了。」

廖子籌強作笑臉，「大家吃吧，別等她了，臨時有個手術，現在還沒出來。」

媽媽一臉失望，自言自語道，「忙啊，工作忙啊。」

爸爸安慰她，「工作要緊，工作要緊，飯什麼時候不能吃？」

妹妹子珊不作聲，白了子籌一眼，抓起筷子先夾塊肉吃，嘟囔了一句，「好難請。」

嫂子笑道，「也不怪人家，人家官家小姐是要擺擺架子的啊！」

大哥喝停她，她還搶著說完半句，「沒時間就別答應來嘛——」
子籌沉著臉，又難過又難堪。
大哥拍他肩膀，「你跑來跑去也餓了，來咱們哥倆好好喝杯。」
那晚他關了手機，喝到頭重腳輕。
半醉了躺在沙發上，聽得大嫂和媽媽收拾碗筷的聲音。
「媽，那塊桌布多少錢？」
「兩百多，就那點刺繡值錢。」
嫂子嗤地笑聲，「白花那個錢了，人家也沒來。」
媽媽沉默了。
廖子籌閉上眼睛。

19

十一點半，盧楓才出手術室，馬上給電話廖子籌，關機。
她非常不安，但是實在是太疲憊了，加上沒吃東西，她覺得自己輕得像個夢。
她去看了看麻醉未醒的產婦，輕輕地用食指碰碰新生兒粉紅的小臉，她累得有些站立不穩。
但是那種欣慰是由衷的，母子平安，她們很好，自己的努力多有價值啊。

回到宿舍衣服沒換她就躺倒睡著了，半夜餓醒了，只好沖了杯泡麵，吃著泡麵，想起子籌，好想立刻向他解釋，請他原諒，自己會盡力為這次失禮補救，明天請假，精心挑選禮物，上門道歉不知可以不可以呢？

也想馬上告訴他今天的壯舉，她救了兩條命呢，如果她不走那條路，那孕婦未必會等到車，如果她不果斷簽字，也許手術不會那麼順利，無論如何，她要帶他去看那母子倆，要他一同體驗那快樂。

儘管有些不安，她還是相信，他會懂得，並且原諒。

子籌永遠都會包容她的，她臉上浮上一絲笑容。

次日盧楓起了個大早，在醫院門口等候子籌。

等了老半天，看見子籌陰著臉走來。

她預期到他的不快，所以綻開笑臉迎上去，「子籌，昨天很抱歉，我臨時——」

「大小姐，我知道妳很高貴，但是妳至少該懂得尊重別人！」廖子籌開口就是一串搶白，「雖然我家只是小市民，時間不值錢，勞動不值錢，但是也有自己的尊嚴！」

盧楓的臉騰地一下紅了，她從未見過廖子籌這麼嚴厲地說話，她也從未受過誰這樣無情地訓斥，而身邊過往的還有那麼多好奇張望的同事啊。

委屈和羞辱，還有急於保護自己的驕傲讓她隨即反擊，她冷笑道，「你也不必說我，既然你可以因為急診失約不見我媽，我為什麼就不能因為救人不去你家？」

其實廖子籌剛說完那話就後悔了，他昨晚醉得厲害，今早頭還疼，所以語氣太沖，正想著下一句挽回來，盧楓這句卻結結實實擊中了他。

他氣得話都不流利了，「報復——妳是在報復我——原來。」

事已至此，盧楓心裡懊惱異常，又夾雜著傷心，旁人錯怪自己也就算了，連他也這樣想，他怎可這樣想，他不懂得盧楓會做怎樣的事嗎？既然這樣，說什麼都沒用了，做什麼也沒意義了。

她強抑著眼淚，扔下一句，「隨便你怎麼想。」

便快步離去，留一個直直的背影給他。

20

盧樺約廖子籌出來喝酒，說是道別。

兩個各懷心事的男人喝了一晚悶酒。

「真打算什麼都放下，去找蘇鐵？」廖子籌問。

「對。」盧樺瘦了，鬍子有幾個星期沒刮了，一根根支愣著，倍添滄桑。

「去哪找啊？你又沒線索。」

「先從青島開始，我在那兒發現她。」他迷糊地笑一下，好像在說一個很親的名字，又重複了一遍，「青島。」

「找到她又怎樣呢？」

「找到她就全好了。」

廖子籌深深看他一眼，「你就沒想過她為什麼要走嗎？」

「我就是想不出。」盧樺的嗓子有些嘶啞，「我倆那麼好，那麼好。」

他低下頭，看見身上穿著的褲子，扯了扯褲腿，苦笑道，「這褲子還是她給我熨的，熨出了兩條褲線——她從來不幫男人熨褲子的。」

廖子籌還是把要說的那句嚥下了。

一個對愛情認了真的男人是多麼的柔弱，一個詞，一句話就可以殺他，還是讓他帶著希望和甜蜜去找吧，也許找著找著，那執拗會被日子消耗掉了，就像一場病，到時候他自己會慢慢好起來的。

「你和小楓鬧彆扭了。」盧樺想起來問。

「你也知道了？」廖子籌不自然地笑笑。

「我讓她拿份資料給你，她不願意。」盧樺搖頭，「女孩子就是小心眼。」

「有時候挺累的。」子籌沒頭沒腦地說了一句。

「抱怨個啥，我妒忌你們！」盧樺喝了一大口酒，「妒忌你們打架都有伴兒，妒忌你們可以賭氣！」

子籌搖頭。

「要是我和蘇鐵也打過架，也生過氣，也傷過心，也許我現在未必那麼想念她。」

盧樺深深嘆氣，「我們在一起的日子太短了，連賭氣都來不及，全部是快樂，全部是幸福，那樣完美的愛，就像一個好夢，好得我不願醒來。」

子籌若有所思，這不正是蘇鐵當初說的嗎，最好的時候走開，便永遠都是最好的，因為沒有機會變壞。

「要是你們一直下去，也吵架，也沒感覺了呢？」子籌問。

「只要是和她在一起，就算吵架也是好的。」盧樺說，「我就是愛她這麼個人，就算她老了，變胖變醜變得不可愛了，我還是愛她這個人。」

子籌心道，自己何嘗不是這樣想的，就算小楓怎麼無禮不近人情，氣得他胸口疼，第二天醒來，他還是愛她。

盧樺舉杯再勸，子籌按住他的酒杯，「明早你要去開車去深圳，我也要下鄉，咱們都少喝點。」

「你下什麼鄉？」盧樺問，「去多久？」

「去麗水吧，醫療隊山區巡迴一個月，今年評職稱都要有下鄉的履歷。」廖子籌平淡地說。

「麗水不是常有劇組拍戲嗎，看到章子怡幫我要簽名。」盧樺哈哈道。

「你還是那個風流脾氣，難為現在成了一大情種，人說情種只生在大富人家，真有道理！」廖子籌調侃，「刮刮鬍子吧，要不員警攔車當你是劫匪。」

盧樺摸著鬍子自言自語道，「我早想刮了，就是不知剃鬚刀哪去了。」

21

臨睡之前，廖子籌想給盧楓發條短信，告訴她明天下鄉一個月的事情。寫好了，臨按發送那刻，卻不自覺地停下來。

組建醫療隊下鄉的事，院裡早一個星期就在布告欄裡出了通知，她應該看見，這一去就是個把月，她為什麼連問也不問一句。

子籌自問不是器量小的人，只是有點強脾氣上來了，這次盧楓爽了一大家子的約，連一句對不起都沒有，真是大小姐被人寵慣了，他固然可以包容她，但他的父母兄妹可沒有義務包容她。

他這樣想著，索性不發。

第二天車隊鬧鬧哄哄地出發，他提著行李，幾次回頭張望，終究還是沒見她，心裡有些沮喪，垂著腦袋上了車。

其實盧楓早知道這事，但她素來心高氣傲，即使心軟，也不肯落下架子。一去個把月，這麼大的事，就是想等他自己來說，等了這麼久，等到心都冷了，他竟然可以這麼忍心。

打個電話其實也沒多難，卻又覺得這麼輕易低下的姿態，好像自己巴巴地多輕賤似的。

早上她一直站在辦公室的玻璃後面看他，看他一步一回頭目光搜索的傻樣子，有一刻實在是不忍，心裡說下去看看吧，什麼都不說只是看看，然而等她肯移動步子，車已經開了。

車隊翻山越嶺，漸近山水奇峻的麗水，廖子籌被風景吸引，心境漸漸開闊。初以為這裡地處偏僻，山嶺陡峭，是不會有多少人跡的，誰知在十八彎道下的一個大草場上，竟然停了十幾部車，真的有攝製組在此地拍戲，大家紛紛探頭向外看個新鮮。

他們的車也停下來休息，廖子籌想，搞不好真被盧樺說中，章子怡也在這裡。他走近些，站在一塊高高的石頭上，場內在拍一個騎馬追打的鏡頭，反覆地ＮＧ，看得人不耐煩。

他見沒什麼意思，正想下來，忽然有人在後背重重拉他一下，他倒退幾步，踉蹌著幾乎坐在地上。

他回頭，還來不及開口，背後那人早已大叫，「毛驢妹夫，真是你啊！」正是蘇鐵。

22

蘇鐵套了件簇花的戲服，頭上卻沒上妝，這樣子不古不今，使她看起來有些奇異。廖子籌暗想，盧樺作夢也不會料到，章子怡不在這兒，他一心要見的人卻在。他現在該到青島了，他怎麼找她，把大街小巷翻遍也不在那兒。

他正想，該馬上給個盧樺電話，誰知蘇鐵先說，「你要是給毛驢電話，我馬上就人間蒸發。」

他只好笑，「妳該可憐一下毛驢，妳不聲不響地走了，搞得他和他媽吵架，他急得發瘋，什麼都不管了要全世界去找妳！」

蘇鐵一樂，「我就知道毛驢有這麼愛我！」

「那妳為什麼要這樣走了，竟然還跑到這兒來。」子籌打量一下她。

「已經三個多月了，超時了，我從來沒試過這麼拖泥帶水的！」蘇鐵喊道，「再不走就不快樂了。」

子籌注意到她的眼睛，她的眼睛真的很清，你看不到複雜的感情，複雜的心思，那麼，就跟她再說多少俗世的道理，也是白搭。

他放棄說服她的決心，只是說道，「可是毛驢真的很難過。」

蘇鐵笑笑，有點上心的樣子，「這樣的難過不也挺美？他覺得我最好，我覺得他最好，到這兒恰恰好。」

她似乎不願意再說下去，忽然滿臉歡欣道，「我在這兒拍戲，你來不來看！」

子籌問，「是演女主角嗎？」

「是女主角的替身！她在河裡洗澡啊，她騎馬啊，她在天上飛啊，甚至她吃大菜，都是我替她，因為我身手好啊，身材也比她好！」蘇鐵驕傲地說。

子籌笑道，「長得也比她漂亮。」

「就是啊，你也這麼覺得啊！」蘇鐵笑嘻嘻地瞄著他。

子籌有些後悔自己的輕浮，他虛泛地掩飾著，「那妳好好努力，也爭取演上女主角。」

「演女主角幹麼啊？」她是真的好奇。

「出名，有錢。」子籌調侃。

「可是不能自由去愛人。」她的大眼睛撲閃著，帶一絲狡黠的光，「沒有愛情我活不長，新鮮的愛情。」

這時司機嗚喇叭呼喚大家上車，子籌跟她道別。

「那你明天來看我拍戲嗎？」蘇鐵往前一步，滿眼孩子般的希冀。

「我不知道，我們可能要駐村。」

「那你後天來嗎？」

「我們剛到，工作也許會比較忙。」

「那你大後天來嗎？」她不依不撓地，讓人不忍敷衍下去。

「好吧，大後天，我會抽時間。」子籌只好說，「好了，我該上車了。」

「你不會告訴別人我在這兒的，包括毛驢妹妹，我知道你不會的。」蘇鐵望定他。

「好吧。」他心裡暗暗對盧樺說抱歉。

「等等。」蘇鐵叫著。

他還沒明白怎麼回事，她已經伸手飛快地摸了下他的鬍鬚，然後一臉俏皮的樣子，邊跑邊說，「沒事兒，我就是突然間想摸摸你的鬍子。」

他一臉尷尬地跑上車，不知道剛才那幕有沒有被人見到。

她的手指柔膩，那迅疾的觸感，竟然久久不散。

23

山區的信號不好，手機如同虛置。

近深秋了，山裡的夜晚分外清冷，他打了幾個噴嚏，想起誰說，打噴嚏是有人在念你，小楓，是妳嗎？

夜裡的星星格外閃亮，一顆顆晶瑩如碎鑽，滿山皆靜，只餘細蟲喁喁，還有他深長的呼吸。

這樣的夜裡他格外思念盧楓，不知她會不會忽然打電話來，或者發個簡訊，如果有信號就好了。

轉念想想，還是沒有信號好，至少有個期待和猜想。

她大概是不會打電話來的，傲氣如盧楓，永遠矜持，莊重，不逾矩。要是她偶爾，只是偶爾，像蘇鐵一點，就完美了。

他為心裡這個念頭吃驚，想馬上打住，可山區的長夜除了遐想，不能其他，思緒根本不能手縛，他下巴的那點溫柔似乎仍在，他摸了摸自己粗糙的鬍碴，又寂寞，又不安。

駐村的工作比他想的輕鬆，不必大後天，後天他就有空去看蘇鐵拍戲了。

剛給鄰村的一個老鄉做了會診，他白袍都沒脫，就獨個走了段山路，來到蘇鐵拍戲的外景地。

悄悄地站在人群邊上，場內正要拍一幕騰雲駕霧的飛人戲，導演抓著擴音器喊，「2號替身上。」

他極力張望，那個是蘇鐵吧，披緋紅色的長紗，背上吊著細細的鋼絲，機器運作，她冉冉地升起，張開雙臂，長袖飛舞，極盡舒展美麗。他看得入神，風把那紅紗吹得飄飄，疊嶂青翠、藍天白雲是襯底，彷彿她是一隻自由飛翔的火鳥。

中場休息，他看她在卸妝，就過去叫她一聲，那語氣好像一個踐諾的成人，答應給孩子買玩具，終於買回來的欣喜。

蘇鐵果然開心如得了玩具的孩子。她的妝還沒卸完，已經忍不住一再回頭，化妝師不得不一次次地把她的臉扯正。

「毛驢妹夫，你穿這件白袍子真好看！」她得了閒，開口第一句竟是如此。

子籌笑笑，「只是工作服。」

「但你穿得像神仙，我以後不叫你毛驢妹夫了，我要叫你神仙醫生。」蘇鐵心血來潮道，「簡稱神醫。」

子籌慌忙擺手，「妳可千萬別亂叫，我哪有本事被人叫神醫。」

「只是說你長得像。」蘇鐵不以為然。

子籌只好乾瞪眼睛。

「我在天上是不是很美？」蘇鐵最介意自己的漂亮，突然熱切地問，「像一個紅衣仙子？」

子籌真誠讚美，「的確飄飄欲仙。」

「在天上飛的感覺特別棒，只有自己和風，想到哪裡就哪裡，想怎麼動就怎麼動。」

「那鋼絲結實不結實？我看挺危險的。」

「我都忘了有那東西了。」蘇鐵嘟嘟嘴，「我老以為是自己在飛。」

突然她又想起什麼，「你沒那麼快走是嗎？下一場我騎馬，我能在馬背上做好多驚險動作，能把你嚇死！」

子籌笑道，「那我只好留在這兒乖乖被你嚇死。」

蘇鐵咯咯直樂。

這時化妝師過來叫蘇鐵換衣服，蘇鐵眼光閃閃地望望子籌，子籌下意識地抬手捂住下巴。

蘇鐵仰頭笑道，「今天我不摸你的鬍子，你的鬍子不夠毛驢的好。」

子籌尷尬，正想說什麼掩飾，不提防蘇鐵又抬起手，飛快地捏捏他的鼻子，然後一路咯咯笑著跑了。

他笑也不是惱也不是，只得搖搖頭。

24

他看著蘇鐵在馬背一路飛馳而來，果然英姿颯爽，姿態瀟灑。

一條片子過，導演叫停，也忍不住讚她騎得漂亮。

哪知蘇鐵卻不停，縱馬回去，突然在馬背上大秀特技，一會兒單手撐，一會兒旋轉，真是看得人暗暗捏一把汗。

突然，她從疾馳的馬背上半掛下來，人們以為是她的絕技，又是驚呼，又是叫好。呼聲未落，卻見她手一鬆，咚地一聲摔在地上。

子籌反應最快，馬上衝了過去，周圍的人們這才明白過來這一幕是真的墜馬，不是表演。

「大家別搬動她，可能摔了骨頭。」子籌冷靜地下著命令，「我是醫生。」

子籌四下檢查，慶幸不是她的頭部著地，他輕輕呼喚她，「蘇鐵，蘇鐵。」

蘇鐵張開眼睛，顯然是痛極，但她還是擠出一個笑，「神仙醫生，我的臉沒事兒吧。」

子籌道，「沒事兒。」

她的笑舒展了些，臉上又有了頑皮的神色，「我騎馬好看嗎？有沒有把你嚇死？」

子籌無奈道，「本來已經嚇死了，因為要救妳只好活過來。」

蘇鐵想樂，一陣劇痛卻襲來，她此時才意識到身上的傷，才疼得想哭，不禁扁起嘴，淚珠隨即滾落，「我骨頭疼，我是不是摔死了。」

摔倒沒摔死，只是右手臂骨折，腳扭了一下，還有一些皮外傷，算是大幸。

但是得有一個多月，她要好好地休養。

山村醫療所的條件實在簡陋，劇組又要開播，子籌看著她手腳那厚厚的石膏，有些擔心。

她硬是要他扶著站在窗邊，看著劇組的車一部部開走，臉上有些落寞。

子籌以為她是捨不得這份工作，安慰她道，「別難過，把身體養好了再說，到處都有新戲開拍。」

「可是那個燈光師就要被人家追去了啊。」

「啊？」他重新把蘇鐵扶上床，讓她躺下休息。

「我就是喜歡那個燈光師，才進這個劇組的。」蘇鐵鬱悶道，突然沒頭沒腦地說，「神醫，誰讓你來這兒的。」

子籌不知她想說什麼。

「你要是不來這兒，就不會看見我，你要是沒看見我，我就不會從馬上摔下來，我要沒摔下來，就不會追不到那個燈光師，他人很沉默的，最起碼要花兩個月，我本來有足夠的時間。」她一連串的自言自語。

子籌又好氣又好笑，「我來這裡可沒想讓妳從馬上摔下來啊，是妳自己要表演特技的啊。」

蘇鐵惱，「你不是沒看過嗎？」

子籌不想跟她無理糾纏下去，只是微笑不語。

蘇鐵繼續自憐，「現在我哪裡也不能去，也沒人管，我又沒有爸爸媽媽哥哥和男朋友，又沒有好吃的，又沒有軟被子，又沒有人陪，冬天又快到了。」

子籌沉吟了一會，道，「過些日子，醫療隊會派我回去一趟辦點事兒，我可以帶妳走。」

「沒辦法，那——只好這樣了。」蘇鐵答應了一聲，轉過頭去。

子籌留意看她，卻見她似在那邊偷笑。

他笑著搖搖頭。

25

盧楓這段時間很忙。

同科室的一個醫生休婚假，她要頂兩人的班，院裡申報了一個國家級課題，她負責採集臨床資料，半人高的病歷要看，晚晚加班到凌晨。

媽媽的血壓不穩定，家裡特意請了個看護，媽媽又不滿意，凡事要叫她親自回來。

還有盧樺，從青島回來，一無所獲，人又消沉又暴躁，夜夜喝酒，喝到胃出血入院。

她真是忙到連吃飯的時間都沒有了，中午下班趕去看媽媽，又得馬上趕回來上班，只能在手袋裡放一袋麵包，上班之前在休息室裡匆匆吞掉。

忙到沒有時間想子籌。

儘管他不在的日子，她的生活好像被挖了個大洞，無端少了許多，空落落地不踏實。

去過的同事告訴她說，麗水山高地僻，不僅山路難行，而且通訊信號奇差，電視只能收到一個台，可以說與世隔絕。

不知為何這反倒讓她有些輕鬆，前段日子，她等他的電話，等得近乎絕望，但是訊號差，就給了體諒他的理由，也給自己。

立冬之後天就真的見冷了，她擔心子籌收拾行裝時未必記得帶冬衣，男人總是希望愈簡單愈好的，就跑了半天給他買了件羊絨外套，連同些他愛吃的小食一起包好，託下鄉補給的同事一起帶去，本來想寫張紙條，又覺得矯情。東西在那兒，她的心意，他還不明白嗎？

一天去分院辦事，恰好在子籌家附近。她只是知道那條街的名字，卻未曾去過，這會兒剛好有空，帶著些探奇，她一個人慢慢地在街上走，這是一條老街，道路不寬，兩邊的店鋪又占街擺放，所以更窄，子籌就是在這條街長大，從一個小小的男孩，到一個青澀的少年，然後是今天，儒雅瀟灑的外科醫生，這條街是那麼完整地見證他的歲月，那麼多她不曾親歷的細節，她在走他走過的路，也許正踩過他某天的腳印，她不由感到一陣溫暖。

街上的門牌很亂，她不知道哪一戶是子籌家，就算知道也不敢這麼貿然進去。

然而，對面走來的一個女孩，不斷地把目光轉來，盧楓輕輕避開，卻在擦肩而過那刻，女孩忽然叫了一聲，「妳是不是盧楓？」

盧楓站住，一臉迷惑。

「我看過妳的相片。」女孩有一張單純的笑臉，「在我哥哥那兒，我哥是廖子籌，我是子珊。」

「我知道妳，子珊！」盧楓驚喜，「子籌常提起妳。」

「妳經過這裡嗎？有空去我家坐坐嗎？我爸媽不知多想見妳，可惜哥哥下鄉了，要不咱們可以補聚一下了！上次媽媽準備了那麼多好菜，大哥大嫂亮亮都回來了，可惜妳沒空。」子珊一連氣地說。

盧楓有點遲疑，她總覺得第一次拜訪廖家是件莊重的事，這樣隨隨便便實在不禮貌，而且自己兩手空空，連份手信也沒有，「子珊，對不起，上次是因為我送路邊一個臨產的孕婦去醫院，當時情況很急，妳哥哥的手機又沒電，所以，真是非常非常抱歉，我一直想找個機會正式登門和你們解釋，可是現在子籌又下鄉——」

盧楓的態度這樣誠懇，子珊對她的印象馬上加分，「妳心地真好，難怪哥哥這麼喜歡妳。」

盧楓笑，「我怎麼不覺得他有多喜歡我。」

「我哥那人，外表看起來溫溫和和，其實骨子裡強得很，很多話他是從來不說出口的。」子珊自認很瞭解她哥。

盧楓溫婉地笑著，心裡著實一熱。

真是物以類聚，她不也是這樣的脾氣？

26

收到盧楓的羊絨外套時，廖子籌正準備回城。

一個是為醫院的事務，一個是為蘇鐵的休養。

他著實費過腦筋的，帶蘇鐵回去，把她安置在哪裡。

她一再聲言不要讓盧家的人知道，住在他們的醫院肯定行不通。

若是不管她的生死，不理會她的要求，他又不忍心。

而帶她回去，在她傷好可以自由走動之前的長長一個月裡，他該怎麼處置她，該怎麼瞞著盧家，這事又難又險。

一面是她，那樣沒道理的信賴他，好像熟識了幾十年的親人般，一面是盧樺，他十幾年的好友，愛人的哥哥。

事實上，他已經打定主意幫她，見一步走一步吧。

或許先不告訴盧樺也好，說不定這個月裡他可以慢慢說服蘇鐵。這樣想，良心總算安定些。

出發的前一天晚上，醫院的補給隊到了，同事帶來盧楓的包裹。

小食品一分鐘就被同事們搶光了，他獨自抱著那件羊絨外套，翻過來掉過去，他知道以盧楓的脾氣，這裡面必是找不到片言隻語的，只是不甘心地找找，果然沒能找到。

還用寫什麼呢，這外套不就是她捎來的話嗎？

然而，心裡著實是感動的，這些天山裡的早晚尤冷，他沒帶冬衣，寒風一來直打哆嗦，羊絨外套這麼的柔軟熨貼，他當晚穿上，坐在門口仰望漫天寒星，暖和，真的好暖和。

次日動身，顛簸一天才到城裡，斯時已是萬家燈火，他盤算好，暫時把蘇鐵安置在西區的遠親老鄭家，他家樓上有一間閒置的套房，樓下自己開了一間小診所，正好方便換藥照顧。

安置好蘇鐵和她那兩隻箱子，他馬上回醫院翻查十年前一份特別的病歷，等忙完這一切，已接近凌晨一點。

他想給盧楓電話，又怕她睡了，走到宿舍樓下，見她上面果然已經熄了燈。

夜半清冷，他搓搓手，呼出一團熱氣，仰著脖子望了好一會兒。

次日晨早，他又要趕回麗水，在車上發個短信給盧楓，「小楓，昨晚我回來辦事，見妳睡了就沒打擾，外套真暖和，謝謝妳。」

一會盧楓的短信也到了，「好好工作，注意身體。」

他看著手機笑了，忽地想到，不知蘇鐵和盧樺的短信是怎樣的，但一定不會如他倆這樣簡單平淡。

27

雖然千叮萬囑地對蘇鐵說過，麗水鄉醫療所只有這一部固定電話，沒有十萬火急的大事，千萬不要打來。

可是這天晚上，他已經睡下了，值班的護士砰砰地擂門，「廖醫生，城裡找你的電話。」

他匆匆披上衣服出門，跑過長廊，左拐右拐，跑到電話機旁，周圍幾個醫生，窮極無聊地在打拖拉機，現在看他一頭蓬髮地來接電話，不禁興致盎然地把目光投來。

「喂，我是廖子籌，你是哪位？」

「神醫，我可能快死了。」想不到是蘇鐵，「跟你說一聲，免得你回來找不到我。」

他不知道這話該怎麼聽，她的聲音很清脆，不像有什麼事。

「深更半夜的，蘇鐵妳不要開玩笑。」他低聲地說，感覺身邊人們目光灼灼。

「這幾天我的心啊肺啊痛死了，一陣子一陣子地痛，老鄭也說我的心和肺不行了。」她的語氣倒不像是假的。

「以前有沒有試過？」

「可能是先天性的，偶爾會發一下。」

子籌覺得有點嚴重，不管真假，他都得回去一趟才放心。

「好吧，我明天和領隊說一下，請個假回去，妳別怕，不會有事的。」他寬慰她。

第二天他告了假就急急如火地趕回來，他繞過一樓的診所，從另一側樓梯上去。來開門的蘇鐵面色紅潤，笑意盈盈，除了右手臂打著的石膏，左腳微微有點跛，她幾乎好得很。

「神醫！我可想你啦！」她左手捏拳，咚咚咚先朝他肩上打了二三記。

廖子籌已經習慣了她的做風，只急著問，「妳電話裡說的先天性心肺問題，現在怎樣，說得詳細些。」

「不痛了，想人的時候會有些痛，因為我現在沒什麼人可想，只好想你。」她笑嘻嘻地說。

廖子籌甚為惱火，「妳在耍我啊，妳不僅騙我，還拿老鄭的名義騙我！」

「我沒騙你啊！」蘇鐵圓睜著無辜的眼睛，「昨天老鄭說我的石膏再過兩天就能拆了，我順口說拆了石膏我要馬上去蘭州，因為劇組會到那兒，老鄭就訓我沒心沒肺，要走也得當面感謝你才能走。」
「那你說沒心沒肺的人，不是問題很嚴重嗎？」她振振有詞。
子籌只能乾瞪眼睛。
「我沒心沒肺慣了，天生就是這樣，但現在我學會人情世故了，我請你回來當面謝你啊。」她歪著腦袋覺得自己滿有道理。
廖子籌沒力氣還嘴了。
「你要是生氣，我請你吃烤豆腐吧，我知道那邊拐角有一家蔡豆腐，有一次我偷偷跑去吃，回來老鄭又訓了我一頓。」
「是妳自己想吃吧。」
「是我自己想吃。」她一臉嬌憨地承認，「天天在屋裡悶著，我都快悶成黃豆醬了！」
廖子籌扯扯嘴角一笑，「走吧。」
誰知蘇鐵的勁頭又上來了，「你這樣一下迷死人，要是同時穿上那件白袍就不得了，我會立刻愛上你。」
廖子籌不理她。
她還在嘮嘮叨叨，「我還從來沒有愛過一個醫生呢，穿著白袍子，英俊瀟灑，好像從天上來的。」

28

盧樺出院，竟然是妹妹來接他。

她不聲不響地為他忙碌著，把他的衣服、杯子、毛巾、藥品分門別類地塞進手提包，準備好新的襪子，把要穿的鞋整整齊齊地擺在他腳邊。

他忽然有些感動，他是哥哥，但是從小到大，卻似乎是妹妹在照顧他，下雨天，她去學校送傘，被媽媽罰掉晚飯，是她偷偷塞來一個包子，她上班第一個月的工資，一大半給他買了隨身聽，他生病，是她每天送飯，陪夜，講笑話給他解悶，他任性、霸道、荒唐，她從不嫌怨，只是隱忍地擔憂。現在，她還是這麼默默地心甘情願地給他準備好鞋襪，把一杯水涼到合適的溫度才遞到他嘴邊。

「小楓——」他沒來由地叫了一聲，卻不知說什麼好。

「幹麼？」盧楓收拾東西，沒抬頭。

「我以後，不喝那麼多酒了。」

盧楓笑了，很欣喜，「這樣多好啊。」

盧樺有些不好意思，摸摸頭，自己穿了鞋襪，找話說道，「子籌還沒回來嗎？」

「要去一個多月呢！」

「聽說麗水出美女，小心他走私。」

「才好呢，也帶回來讓我們開開眼界。」盧楓笑著說，見他心情不錯，乘機又道，

「哥，媽在家煮了魚膠湯，對胃好的。」

盧樺低頭只顧穿鞋。

「媽很掛記你，就是嘴上不好意思認輸，要不是她這段時間血壓總不穩，她早來看你了。」盧楓說，「畢竟是媽媽，對不對？」

「血壓很高嗎？」

「現在好多了。」

「那我回去不又要刺激她？蘇鐵的事，我永遠都不會妥協。」盧樺平靜地望著妹妹，「我也希望妳知道，我會找下去，就算一輩子。」

盧楓笑了笑，「這樣吧，我們約好，誰也不許提蘇鐵，一家子好好吃頓飯。」

盧樺也笑，「這段時間壞了胃，什麼也不讓吃，我都饞死了！」

「那不正好，今晚回去喝魚膠湯。」

「魚膠湯我興趣不是很大，這些日子我躺在床上就饞一樣東西。」

「是什麼啊？」

「烤豆腐，當年你們學校門口那個胖大媽的烤豆腐，太好吃了，放學我總是請大家過去吃。」

盧楓聽得會心，噗哧一聲笑出來，「那她是不是總摸你的頭？」

「我才不讓她摸呢。」盧樺甕聲甕氣地說。

盧楓暗暗好笑，「好吧，我答應你，今晚吃完飯咱們去吃烤豆腐。」

「老小吃了，都式微了啊。」盧樺感嘆，忽然想起來，「不過我知道西區那邊有一家蔡豆腐，我帶你去。」

29

恰是一場寒流來到，晚上氣溫更低，這樣的天氣正好圍坐小火爐前吃烤豆腐。出門前，廖子籌對蘇鐵說，「外面風大，妳多穿點兒。」

蘇鐵用下巴指指打著石膏的手臂，「什麼風能鑽到這裡面？」

子籌陪著她慢慢下了樓，蘇鐵腳還沒完全好，磨磨蹭蹭地邁步子，但是嘴巴卻不慢，一路上嘰嘰喳喳說個不停。

子籌只是笑。

天冷生意特別旺，蔡豆腐座無虛席，他倆只得站著吃。

蘇鐵右臂打著那麼巨大的一個石膏，難免旁人多看兩眼，她愛美，就扯著子籌的外套說，「你的新衣服這麼大，該能遮住我的手臂，快借來披一披。」

子籌身上這件外套正是盧楓買的，心裡愛惜得很，可又不好意思回絕蘇鐵，只得脫下給她披上。

他們叫的烤豆腐來了，那蘇鐵已是心急得不行，伸出左手抓了兩串，張開牙齒就大咬一口。誰知豆腐滾燙，裡面的辣椒湯汁四面噴射，她的那張俏臉，頓時斑斑點點，狼狽非常。

子籌忍俊不禁，笑出聲來，蘇鐵直直站著，右手打了石膏，左手是豆腐串，動也不敢動，只嘴裡急著喊，「快幫我擦擦，快幫我擦擦！」

子籌這才笑著拿出紙巾，一點一點把她臉上的醬汁擦拭乾淨。

這時，不提防何處來的一拳，重重擊在他背上，他朦了，臉上的笑凍在那兒，來不及收回。

卻聽蘇鐵驚叫一聲，「毛驢！」

來人正是盧樺，他這時已經急紅了眼，像頭暴怒的野獸衝了上來。

他身後是面色蒼白的盧楓，愣愣地立在那兒，心裡又麻亂又驚駭。

周圍的人們驚叫著紛紛散開。

「王八蛋！」盧樺狠狠罵著，又一拳打來，「這拳是小楓的！」

廖子籌退避著，「聽我說，盧樺！」

話音未落，又一拳打在他臉上，打得他眼冒金星，「這拳是我的，打你這個忘恩負義的王八蛋，這拳還是我的，敢搶我的女人！」

廖子籌用手抹了一下臉，鼻子的血汩汩流著，心裡的怒火騰地一下升起，他爬起來，向盧樺撲過去。

「我最恨你們這些少爺小姐的德性，以為什麼都該是自己的，高高在上，不可一世，一個個又自私又自大，實際都是可憐蟲！」

盧樺被他撞到在地，兩個人在地上邊滾邊打。

「王八蛋，你這個騙子、偽君子、卑鄙小人！今天才識穿你的真面目！」

「說對了我就是這種人，怎麼樣！媽的，我忍你好久了！」

盧楓渾身冰涼地看著他倆廝殺，不知自己下一步該幹什麼，這時她隱約聽見店主打電話報警，這才醒轉過來，跑過去拉盧樺，「哥，咱們走吧，警察來了。」

盧樺猛然想起，「蘇鐵呢，妳看見蘇鐵去哪兒了？」

環視四周，蘇鐵早已不知去向。

盧樺爬起來就要去找蘇鐵，盧楓緊跟在他身後。

廖子籌渾身是傷的半躺在地，他盼望她能過來說句話，就算是罵一句都行，他還存著一絲幻想，盧樺脾氣暴躁，盧楓至少比他冷靜，她一定能瞭解自己的苦衷。

然而她目不斜視地走了出去，繞過他身邊，腰板挺直，眼神平淡，這樣的角度去望，她是那樣高不可攀。

她一眼也沒看他，就像沒這個人。

30

廖子籌掙扎著走出店門，每一步都疼如鑽心，不知是身上痛，還是心裡痛。

蘇鐵從街口的轉角溜出來，小聲地叫道，「哎呀，這個毛驢真是毛驢，把你弄成這樣啊。」

子籌不理她，她乖巧地把那件外套還他，一隻手笨笨地想給他披上。

子籌見那外套，想起盧楓，心裡難過，「妳養好傷就去做自己的事，別再惹我了。」

蘇鐵側耳聽聽，「外面有警車來了，你的樣子很可怕，不如先去老鄭那兒包紮一下。」

他頭有些暈，喉頭又火辣辣地，好不容易挨到老鄭家，卻見診所已經關了門。

他要回家，人輕飄飄地卻沒了力氣，蘇鐵一隻手攙著他的胳膊，半是拉半是扶地，把他帶上房間。

他躺在床上，任整個人散掉，盧樺出手真重，不愧是省際大學生網球公開賽的冠軍，身上的傷口如火燒火燎，這日裡他又奔波，又傷痛，早已是疲憊至極，不知不覺入睡。

熟睡裡他被燙醒，不禁驚叫一聲坐起來，原來是蘇鐵一隻手端了盆開水想給他擦臉，手中無力，一盆水灑了多半，剛灑在他身上。

「哎喲，差點兒把你燙熟了。」蘇鐵叫。

「好了，我該走了。」廖子籌抹著身上的水。

「走不了，都兩點半了，下面的鐵門關了喲！」

廖子籌趴在窗子上看看外面，風很大，地上的樹葉打著旋轉，夜很黑，連一輛車都不見。

他只好披上外套說，「妳睡吧，我在椅子上坐著就行了。」

「那多冷，咱倆一塊兒睡多暖和啊？」蘇鐵已經開始脫衣服。

廖子籌轉過臉去，不想一個輕柔香軟的身體已經依了過來，「神醫，毛驢欺負你，你也可以欺負他的女人。」

來不及躲閃，蘇鐵的唇已經輕輕地在他臉上印了一下，她的唇，溫溫涼涼地，柔軟得像花瓣。

老實說，那一刻他真有血脈僨張的感覺。

蘇鐵是那樣，那樣讓人不由自主的一個魅惑，明知道是危險、陷阱，無窮無盡的後患，還是讓人想眼睛一閉，往前去踩。

他忽然問自己，難道你就從來也沒起過一絲私心嗎？你去看她拍戲，救她照顧她，隱瞞盧家兄妹，她一個電話你飛速趕到，難道僅僅是助人為樂？

蘇鐵輕輕撫著他的鬍碴，吃吃笑著說，「神醫，你喜歡我對不對？只要我樂意，沒有男人會對我不動心，我天生就知道。」

盧樺打得不錯，也不怪盧楓誤會，他的心底住著魔，自己還不知道。

現在好了，天下人都知道他欺瞞哄騙，奪朋友愛，不忠不義，而自己之前卻只是擔著虛名，擔著個虛名被千夫指，也實在太窩囊了。

他心裡一橫。

31

當他張開雙臂想擁抱蘇鐵時，身上披的外套滑到地上，銅製拉鏈碰在陶瓷地磚上，夜深人靜，叮咚一聲脆響。

他頓住，醍醐灌頂地猛然醒來。

脫掉外套的身體感到寒冷，他銘記那羊絨外套穿在身上的柔軟熨貼，細細地無言地，悠悠長長而又無處不在的溫暖，那是盧楓的語言。

他彎腰撿起外套，憐惜地在手裡摩娑，潔白的羊絨裡子，不小心沾了些烤豆腐的醬汁，他心疼，一遍遍地去擦。

「快點使勁兒抱住我，我快冷死了。」蘇鐵緊靠過來。

「蘇鐵，我是喜歡妳。」他笑笑，用手輕輕地摸摸她的臉，「但我先遇到別人。」

「毛驢妹妹？」

「是。」

「放心我才不會搶你，我後天就走了。」

「但我還在這裡。」

「哎喲你這人，快脫光衣服了還說這麼多，太虛偽啦！」蘇鐵叫著。

「蘇鐵，我知道的愛情和妳不一樣，妳可以說我虛偽。」廖子籌已經完全冷靜，

「但那是我對小楓的承諾。」

「妳要一場場花的盛開，每一次愛情只是三個月的快樂精選，我卻要有始有終，細水長流，無論花開花敗，喜樂哀榮，都一生相守。」

「妳只知道愛情盛開時的濃美甜蜜，如膠似漆，你可知道愛情的深處，相依相偎，不離不棄的默契？」

廖子籌穿上外套，重新坐在椅子上，閉上雙眼，安靜如素地等待天亮。

蘇鐵懊惱，噔噔噔一骨碌地鑽進被窩，把被子拉上蓋住臉，嘴裡含糊不清地嘟囔著，「太沒臉了，這麼美麗的女人自願獻身都不要，我真是沒臉見人了。」

說著說著，嘟囔聲平息了，均勻的呼吸聲起，她已經睡著了。

子籌輕手輕腳地走到床邊，把她蓋在臉上的被子拉下，放平她打著石膏的手臂，那張熟睡的臉甜美異常，他不忍多看。

挨過今天這場，他相信自己以後可以從容對她，她的確可愛，世間少有，但哪些東西是自己的，心裡應該清楚，自己想要的是什麼，心裡應該有數。

他有一些釋然，而另一層擔憂卻在心底浮起，盧楓那裡，他該如何解釋？

32

盧樺覺得自己像一條瘋狗。

瞪著血紅的眼睛，豎著耳朵在大街小巷裡轉，一點小事就唏哩嘩啦地狂罵。

他懊悔那天不先拉住蘇鐵，廖子籌這王八蛋什麼時候都可以痛扁，但是蘇鐵一溜，他要找她到哪年哪月？

他心裡一點也不惱蘇鐵，蘇鐵是最清澈單純的人，心思天真簡潔，說什麼信什麼，如果不是廖子籌的誘拐，她怎會避他如避惡狼？

他這兩天幾乎徹夜不眠，守候在西區附近，實在困乏，就把車停在路邊打個盹兒。第三天清晨，他在車裡醒來，下車準備吃點東西，也真是巧，剛剛一部計程車從邊上開過去，他眼光無意掠過，卻見車後玻璃上一紅一藍，赫然是蘇鐵那兩隻箱子。

他急忙發動車子一路狂追。

計程車直向火車站去，盧樺在後面追著，江濱路口卻正遇紅燈，他咬咬牙，硬是衝了過去，一路險象環生，兩邊車喇叭響成一片。

蘇鐵在火車站下車，她的手剛好，不太敢活動，司機幫她把兩個箱子送進候車室，誰知半道裡突然衝出一個人，橫橫地攔住箱子，「你走開，她是我的女人。」

來人正是盧樺。

蘇鐵眼睛圓圓地驚奇望他，幾天不眠不休不盥洗，他像一個又髒又蠻的流浪漢，她脫口而出，「毛驢，你可真醜！」

盧樺想說這幾個月來他想她，夜夜失眠，他到處找她，心都碎了，他已經不是那個體面自信的盧樺，沒有她，他要瘋掉，他要死掉。

然而他一開口，聲音就重重地梗在喉嚨裡，一個字也說不出，眼淚卻先流了下來。候車室裡人潮熙攘，來往的人驚奇地看這高大男人的忘情落淚，他哭得像個孩子，像隻受傷的野獸。

蘇鐵伸手去擦他的眼淚，擦一道，又流下一道。

「子籌比我好嗎？」他嗚咽著說。

「他怎麼會有你好，你是最好的，我心裡明白。」蘇鐵靜靜地看著他。

「那你為什麼跟他，一聲不說就離開我了。」

「沒有他的事，真的，毛驢，是我自己要走。」

「我哪裡不好，只要妳說，只要妳告訴我，我會努力的。」他擦一下眼睛，聲音又哽咽了，「我是那麼愛妳啊蘇鐵。」

「就是你太好，就是我們的愛情太好，我才要走。」蘇鐵眼裡帶著層罕有的憂傷，「就像看場戲，最好看的那幕過了，台下的人都知道，再往下就不好了，這個時候不走，難道要等著看它變壞？」

「不是這樣的，我們的愛情永遠都會這麼好！」

「不可能的！」蘇鐵喊，她環視周圍，看見一對邊買票邊為孩子吵嘴的夫妻，「像他們，你怎知他們當初不像我們一樣好？還有你爸媽，你怎知他們當初不相信一輩子都那麼好？」

她慢慢地抬起頭看他，「那麼好的一場愛情，最美的三個月，知道嗎，我都好好藏起來了，全是快樂，快樂得不得了，已經夠了。」

「不，蘇鐵，妳不能帶我上了天堂，又把我推進地獄。」盧樺抓著她的肩膀喊。「你就當我死了，別再見面了。」蘇鐵一根根掰開他的手指，「你看，已經開始不好了，你都哭成這樣，你還打人，你抓得我很痛，你讓我不開心，我說過我要自己記住的全是快樂，求求你吧，讓我保留這些快樂。」

她緊緊地抱了他一下，拖著兩隻箱子，慢慢地走進剪票口，回頭再看他一眼，往前走去。

突然身後傳來盧樺的呼喊，聲嘶力竭地呼喊，「蘇——鐵，我等妳一輩子！」

她繼續往前走，走到很遠了，停下一隻箱子，抬起袖子使勁揉了揉眼睛。

33

那年冬天的第一場雪，是從夜晚開始的。

紛紛揚揚的雪花，輕輕地落下，融化在濕熱的臉上，睫毛上那星兒卻在，眨一眨朦朧了視線。

廖子籌出來得匆忙，忘了穿外套，此時卻也並不覺著冷，他心裡斟酌著如何對盧楓解釋，不知不覺就到了她宿舍，上面亮著燈，他一氣兒跑上樓，輕輕地敲門。不應。

他以為她沒聽見，便打電話進去。

「你好。」盧楓平平說。

「是我，小楓，我到了妳門口，開一下門好嗎？」他好聲道。

盧楓停了停，「你走吧。」

「小楓妳一定要聽我解釋，事情不是妳看見的那樣，不是妳想像的那樣，但妳首先得相信我，妳要給機會讓我說，妳要給機會我懺悔。」他急急說道。

盧楓心裡一陣悲涼，他當自己是瞎子還是傻子，不是那樣，還能怎樣，已經那樣，又何必想像。

她向來心高氣傲，自尊自愛，愛惜自己的感情，也愛惜自己的名譽，現在可好，造化在開她的玩笑，人們在看她的笑話，她一生中只愛過的這個人，竟然在她眼皮底下背叛她，羞辱她。

「你走吧。」她又說了一遍。

「小楓，妳為什麼不肯聽我說？妳認識我十四年，我是什麼人，別人不知道妳還不知道？」廖子籌悲傷地呼喊。

「十四歲那年，妳給盧樺送傘，那年我開始愛上妳，為了聽到妳的消息，我厚著臉皮跟著妳哥後面跑，被人罵成馬屁精，為了看妳一眼，我五點半起床跑過半個城市，裝作經過妳上學的地方，等著和妳打個招呼；為了妳那句『醫生是最神聖的職業』，我放棄了保送的建築專業，暗暗憋著勁兒考上重點醫科大學，才敢鼓起勇氣約妳，小楓，這麼多年了，妳該知道，就算我不說，妳該知道我有多愛妳！」

盧楓的眼睛模糊了，是的，十四年的相知相識，連這樣的人都不能抵擋誘惑，連這樣的愛情都無法堅不可摧，這世上，她還要再去信仰什麼？

「小楓，求求妳，開門吧，聽我說好嗎？」他還是第一次這麼謙卑低下地乞求她，她知道，儘管他平日溫和儒雅，卻也有他的傲氣。

然而她怎能這樣就妥協，她委屈透了，窩囊透了，她不要這樣苟且紛亂勉強曖昧的感情，她有潔癖，汙了的愛情即使擦去也會留痕，她寧願不要。

她硬起心腸，打斷他的哀求，「好了，你我都是理性的人，糾纏下去沒意思，從前的種種都算了。」

然後淡淡地說，「我和你，就到這兒吧。」

她等了一會兒，那邊只有重重的呼吸聲，起伏如湍流，她掛斷電話，駭異自己的狠心。

呆了一會兒，她跑到窗邊，想起什麼，又跑去關了燈。

從黑暗的房間往外看，下雪的天光白得發亮，等了好久，她才看見子籌遲緩地走出樓道，走了幾步，癡呆呆地立在雪地上，忽地舉頭向窗口看來，她一慌，閃到窗簾後面，隨即想到房間關了燈，他是看不見什麼的。

他看不見什麼，卻還站在那裡看，雪下大了，薄薄地白了他兩肩。

這人有多聰明，這麼冷的天，都不曉得穿件外套，她有些心軟。

然而她馬上想到那件披在蘇鐵身上的外套，她送他的外套，千辛萬苦跑遍全城千山萬水託人捎去的，他捨不得穿，卻披在別的女人肩上。

她又開始難過，打定主意不再看他，刷地拉上窗簾。

雪落無聲，不知多久再看，暈黃的路燈照著紛紛的雪飄，潔白的雪地上空落落的，連個影子都無。

白雪這麼快就平了他站過的地方、他留下的腳印，什麼都沒有了。

他倆就到這兒了，真的就到這兒了。

盧楓立在窗邊，不禁潸然淚下。

34

盧楓閉上徹夜未眠的眼，去躲避天一點點的轉亮。

多荒唐啊，她的心這樣痛，而太陽照常升起。

她掙扎著下床，洗了一個冷水臉，水凍得刺骨，然而她毫無知覺。

還要上班，還要吃飯，還要迎人，還要微笑，這些簡單的事情，如今她要調度所有的精神和力氣，她做得好辛苦。

下午有人來看她，一個精神飽滿的年輕媽媽，懷中襁褓裡一個小嬰兒，盧楓不大記得來人是誰，她的病人太多了。

「盧醫生，我和寶寶特意來謝妳。」年輕媽媽一臉深深的感激，原來她正是上次盧楓用計程車救下的孕婦。

「孩子長得真漂亮啊。」盧楓歡喜地接過襁褓，迎面一股甜暖的嬰兒香氣。她笑著，忽然又一陣心酸，孩子都兩個月了，想到兩個月前，她和子籌，笑語晏晏地相約去他家吃飯，彷彿昨天，又彷彿前世。

「上次為了我們，妳連到男朋友家吃飯都誤了，聽說還吵了嘴，我真是過意不去。」年輕的媽媽歉疚地說。

盧楓只是笑著搖搖頭，心想醫院真是小地方，什麼事兒都傳得快，連外面的人也知道了。

這之後的日子她總覺得不痛快，好像時刻有眼睛在守候她的動靜，然而上下幾層樓，來去幾個科室，她哪有地方可逃？

日子像拋了錨的汽車，慢得幾乎停滯，她都覺得自己已是挨到八十歲了，可是才剛剛過了十天。

下週廖子籌就要回來上班了，即使他沒回來上班，她也不想再留下去，每一層樓道，電梯，飯堂，宿舍，小路，病房，每一處都是他們的證人，每一處都用這樣明晃晃的存在提醒她，從前有多幸福，現在有多痛苦。

正趕上研究生報名，她打了報告，醫院鼓勵年輕醫生進修，她輕易地就被批准了。她報了中山醫，沒有其他原因，只是因為廣州離這兒夠遠。

這天上班爸爸竟然打電話來，印象中沒有大事，爸爸是不會特意打電話的，果然，爸爸開口就問。

「妳和子籌怎麼樣了？」

她不敢確定爸爸知道多少，只是支支吾吾。

「你們院長昨天對我說，子籌已經遞了申請，要參加什麼維和醫療隊，還要去非洲剛果，我說他是胡鬧，剛果正內戰，危險得很，我讓院長把他的申請扣下了。」爸爸的語氣一貫嚴厲。

她是有點吃驚的，她還沒走，他卻先走，為什麼去剛果，只是因為，那兒夠遠，真的夠遠。

然而他去哪兒都和自己沒關係了，他們是天地中兩個再無瓜葛的人。

「爸，你別管他的事吧。」她盡量放輕語氣，「我們分開了。」

35

媽媽要把房子賣掉，盧楓回去收拾東西。

這房子也有一段歷史了，在這個地段，這樣的戶型，一直是身分的標誌，媽媽曾深深以此為傲的。

盧楓見她一邊收拾，一邊回憶，常常是上午翻出一堆舊物，然後下午和晚上都在發呆。

「媽，妳若捨不得這兒，就留著它吧。」盧楓看穿她的心事。

「不留了，這兒的風水不利感情，妳看，一個個的，沒有一個過得好的。」媽媽的語氣透著感傷。

爸爸一定告訴她了，盧楓沉默不語。

「準備到廣州去讀書？」

「還沒考上呢。」

「我家小楓要考，什麼學校考不上？」

盧楓感激地看了媽媽一眼，她極少這樣誇讚自己。

「到廣州，坐飛機也就幾個小時，去吧，畢業了留在那兒，別回來了。」

「媽媽——」盧楓叫了一聲。

「為了一個人，恨了一座城，能走得掉當然是好的，好過我，在這兒白耗著。」媽媽笑一下，突然停住，抬起手摸摸盧楓的頭，這動作她做起來有些不自然，慌忙掩蓋著地，很快收回手。

而盧楓已經濕了雙眼。

「見到妳哥告訴他，他的帳戶我不管了，他想怎樣就怎樣吧。」媽媽又說。

正說著，盧樺回來了，這是幾個月來他第一次主動回家。

聽起來他的步子很輕鬆，邊上樓邊和小阿姨說著話，盧楓和媽媽同時望向門口。

還是那個瀟瀟灑灑的盧樺，只是瘦些，眉宇間稍稍平和些，他進來看見她倆，微微怔了怔，有點窘，「我想回家——吃個飯。」

媽媽哼了一聲，沒說話，但隨即站起來，大聲喊小阿姨去買菜，她的嗓音尖而迫切，實在有失她平日的貴婦風範，但是她的兒女寧願要一個神經質的媽媽。

兄妹倆對望一眼，什麼也不必說。

盧樺用胳膊使勁摟一下妹妹的肩膀，憔悴得就剩一身骨頭了，她笑笑，還以為別人看不出來。

這些日子，盧楓就住在家裡。

以複習迎考為理由，她請了長假，一段時間沒回醫院，感覺那兒的人事都已遙遠，愈發不願回去。

廖子籌應該已經去了非洲，早前報紙上有歡送中國維和醫療隊赴非的消息。

非洲的冬天應該很暖，帶不帶外套都不要緊，只是，那個人，再不關她什麼事了。

36

「明年今日」曾是盧楓自己在心裡玩的一個遊戲。

每當遇到最艱難的時刻，她就對自己說，想想明年的今天，明年的今天什麼都好了。

高三那年是這樣，當她從文科班轉到理科班，補習補到昏天昏地時，她便安慰自己，想想明年今天，明年今天該在子籌的大學裡，天天都能見到他。

而此刻，廣州的夏日明亮火熱，她坐在清涼的餐廳裡等候導師，等人是一件不小心就走神的事，她想起「去年今日」，那時那裡那個人，濾去那些激烈的心緒，剩下的竟然還是清清楚楚的思念，蝕骨般地。

落地玻璃外是流動的風景，她目光有些空茫地看見綠色的計程車停落起步，看見有人下車上車，那女子的太陽帽巨大如小傘，她的裙襬飄動著飄動著，上面那大朵的非洲菊彷彿也搖搖墜地。

她在等人吧，輕輕地擺著手袋，有點不耐煩。

她的背影剛好遮住盧楓對街的視線，幸好是個美麗的背影，美麗得有些眼熟。

盧楓還在搜索，窗外的她摘下帽子，邊急急搧著風邊轉過頭來，玻璃窗反光，她有些驚喜地發現這是面絕好的大鏡子，一邊整理頭髮，一邊把臉貼近來查看唇上的妝。

她貼得這樣近，盧楓清清楚楚地看見她的臉。

世界有時竟這樣小，有些人你總是要遇見。

還是蘇鐵。

然後忽然聽到誰叫她，蘇鐵轉過頭去，甩著手袋疾跑，前面迎來的是一個留馬尾辮的男人，他一把抱起她轉了兩轉，那些大朵的非洲菊無比豔麗地飛舞，栩栩如開在風裡。

他們親昵地依偎著離去，蘇鐵笑著，一路笑彎了腰，笑得要連連跺腳。

盧楓真是無限感慨，想想那一年他們忙了什麼，吵架流淚苦苦追尋夜夜酗酒胃出血住院好友操戈恩愛情斷心灰意冷搬家避世遠走高飛，就是這一個女子，不知從何方來，亦不知去向何處，她好奇地握著一柄羹匙，只是隨意攪攪，那碗水就再不能如初平靜，她留下他們在那裡暈眩迷失沉重掙扎，自己卻像浴後的鳳凰，盛開的花朵，那樣新鮮和明豔，那樣沒有背負和陰翳，那樣的沒心沒肺。

一年了，她是第一次感到後悔，她和子籌，都可憐。

37

盧樺在廣州註冊了新公司。

公司很小，租了一座大廈的兩個房間，是辦公室，也是起居室。

剛知道哥哥來的時候，盧楓很高興，兄妹倆近些，異鄉也有了家的感覺。

然而現在看著哥哥大聲地指揮搬運工，風風火火地跑上跑下，用霸道又親昵的語氣打電話給客戶，他這樣充實快樂地忙著，她卻有了隱憂。

他好不容易才站穩，才開始試探著邁步，她的哥哥，現在看上去多麼健康結實，健康結實的哥哥，即使喜歡罵人也是可愛的。

中午他倆就在辦公室裡吃盒飯，盧楓訂的，廣州的燒鵝名氣大，她特意給哥哥加了一隻大燒鵝腿。

果然盧樺打開飯盒就大叫一聲，「哇，好龐大的一隻腿！」

盧楓笑著說，「廣州的燒鵝味道很好，你試試看。」

盧樺夾起來，卻突然笑笑，「這鵝腿要是蘇鐵見了，不知會有多饞，她就喜歡吃這個。」

盧楓心裡一凜，仍不動聲色道，「人家不知到了哪裡了，說不定出國了。」

「哪裡有，她在廣州啊。」盧樺一邊吃飯一邊脫口而出。

盧楓望向盧樺，目光複雜，「你來廣州，還是因為她吧。」

盧樺不否認。

「如果她有了別人，你又如何？」

「我知道，是個搞設計的，腦後頭留一尾巴。」盧樺若無其事地繼續吃飯。

「那你有什麼打算呢？」

「沒什麼打算，開公司，賺錢，離她近點兒，當然也離妳近點兒，常見面看看。」他滿嘴是飯地笑笑。

盧楓忍不住說，「這樣又算是什麼啊，哥！」

盧樺停下筷子，「她的保鮮方法就是三個月換一次人，只享用最可口那段。」

「曾經我想不清楚，就不想了，也許蘇鐵是另一種動物，生存在愛情的感覺裡。」

盧楓不可理喻。

「沒辦法小楓，我愛上這動物，我一輩子都放不下。」盧樺苦笑一下。

「我也不想那麼多，認了吧，她去哪裡，我就去哪裡，萬一哪天她進化了，我正好在近處等她。」盧樺調侃地繼續道，「等她老了玩不動那麼多花樣兒了，我就過去說，還好我這兒還剩一份『愛情的感覺』，永遠都是有效期。」

「媽媽說得對，你是死心眼，死心眼的人最苦。」盧楓深深嘆氣，「只是太讓你委屈了。」

盧樺笑著看她，眼裡有著深意，「一家子都是死心眼吧。」

38

培生是珠海的同學，這年暑假盧楓沒回家，約了幾個同學，包車一起去他家玩兒。她喜歡這個城市，地方不太大，人不太多，乾淨，還有長長的、能看到海浪的路。那幾天，玩得很輕鬆。

在海邊擊水、衝浪，陽光明媚，傍晚在海灘上吃海鮮，一抬頭，就望見遠處的夕陽和歸帆。

培生是個好主人，從不過分的熱情，所以不會讓人不安，但是所有的細節他都懂得安排周全，讓你舒適得幾乎察覺不到刻意。

那天他們過澳門，大家都想進葡京碰碰運氣，盧楓不喜歡太吵的地方，就說，「你們進去吧，我周圍逛逛。」

她一個人順著窄窄的街走，太陽很曬，她瞇起眼睛。

這時培生從後面追上來，手裡拿了張報紙，舉起來給她遮日頭。

她笑笑，「你沒進去玩嗎？」

「我先帶他們進去了，現在該帶妳逛逛了。」他戴著副眼鏡，相當斯文，南方男子的溫文爾雅。

他們也沒逛多遠，就在瑪嘉烈蛋撻店消磨了半天，那裡的鋪面也是窄窄地，一杯咖啡，一份點心，並肩坐著，話並不多，但是沒覺得有什麼不自在。

端著杯子，不知怎地卻想到子籌在她房裡喝咖啡的時光，如果他聞到這樣的咖啡香，他會先捨不得喝，而是閉上眼睛，愜意地吸一吸那蒸騰的香氣——總是這樣，她是不能有閒情的，一有空隙，往事就鑽進來。

她害怕這種空隙，忽然空空地對培生一笑，他彷彿知道她想聊天，隨隨意意地就引出了一堆話題。

回到廣州他們就熟稔了不少，吃飯看戲的，好像有條不紊地走在一條沒有懸念的路上。

他甚至在珠海幫她聯繫了實習的醫院，她不反感，就像不反感他一樣。

在珠海實習沒多久，哥哥盧樺也到了，說是和朋友一起投資了個大型停車場，她就猜到，蘇鐵該是又愛到珠海來了。

這三年，他從廣州到成都，從成都到洛陽，到寧波，又到珠海，這個大圈，大致可以斷定是蘇鐵的愛情軌跡。

她不再說什麼了，各人承擔自己的事，只要樂意，隨他吧。

一次盧樺來看她的時候，見到了培生，說了幾句話而已，可轉頭培生剛走，盧樺就道，「小楓，怎麼搞地，這不是個眼鏡版的廖子籌嗎？」

她大驚，不知說了什麼掩飾過去，然而心裡的動盪卻開始了。

那晚培生約她去情人路散步。

漁火閃閃，涼風徐徐，明黃的一輪月亮矮矮地垂在天際，今晚的景色太好，好到她不願輕易和人共用，而培生見她上前依著欄杆，也緊跟著過來。

她看他一眼，看不出他哪裡像子籌，心裡不知怎地卻升起細細的淒涼，這樣好的海風明月，為什麼是跟他？

培生不知她心意，說了句什麼，很自然地摸摸她的頭，她渾身震了一震，掩飾著逃開了。

其實，培生有什麼不好呢？

夜裡睡不著，坐起來塗鴉，想起教授教過的對比排除法，鋪開兩張紙，逐項比較培生的優劣。

優點真多，她寫不完，成熟穩重細心體貼有責任感幽默有情趣聰明誠實帥氣斯文開朗樂觀堅強家境殷實——

缺點，想了半天，想了半天，她才慢慢寫下一句。

為什麼他，不是廖子籌？

39

盧楓想不到，蘇鐵會這樣來找她。

夜半三更，都已經準備睡下了，電話卻來了。蘇鐵從沒打過電話給她，開始她還聽不出是誰，然後那邊有點心急地叫一聲，「是我啊，毛驢妹妹！我來投奔妳了，妳快下來幫我提箱子。」

還是初秋，那蘇鐵卻包著長圍巾，戴著墨鏡，兩隻箱子一紅一藍在她左右。

盧楓愕然。

「還以為是個女特工對吧。」蘇鐵咯咯咯地笑著，上來使勁搖搖盧楓的臂，「我第一次投奔女人，想來想去，女人我只認識妳一個。」

盧楓幫她提著箱子上樓，心情有些複雜，她已經有很久沒見蘇鐵了，多年前那幕還橫在那兒，盧楓想自己是有理由惱恨她的，可是那惱恨好像沒有什麼力度。

進門時蘇鐵的墨鏡猶不摘，幾乎被鞋絆倒。

盧楓調侃道，「大黑天的妳還戴副墨鏡，是不是怕人家知道妳美貌如花？」

蘇鐵卻遲疑了，「妳要這麼說，那我今晚都戴著墨鏡睡覺。」
盧楓收住笑，注意到她臉上似有傷痕，「蘇鐵，妳的臉怎麼了？」
蘇鐵慢慢地拿下圍巾和墨鏡，扁著嘴巴，老大委屈似地哭出來，「我給人家揍了臉。」
盧楓看她那臉，有幾處帶血的抓痕，右眼是腫了，青青紅紅的一片。
而蘇鐵卻邊哭邊抬眼去覷她的反應，「妳一定想說我成了醜八怪。」
盧楓裝著若無其事的樣子，「小事情，我來給妳處理一下。」
她給蘇鐵清洗乾淨，搽了藥水，蘇鐵這才破涕而笑。
她去洗澡，哼著小調在盧楓的小房間裡走來走去，一會兒喊，「妹妹，我可以穿妳的拖鞋嗎？」
「可以。」盧楓應。
一會喊，「妹妹，我喜歡妳這套白色的睡衣。」
「不嫌棄妳就穿吧。」
真是心思單純的人，洗了澡穿著別人的睡衣，在鏡子前轉來轉去地美著，忘了自己臉上的青腫。
「蘇鐵，是誰欺負妳？」盧楓這才慢慢地問。
「大木頭的老婆，她壯得像頭象，幸好我跑得快。」她光著腳跳上床，用力地坐幾下，非常滿意床的舒適。

「妳是不是又搶了人家的男人。」盧楓問，內心深處的芥蒂冒出頭來。

「那怎麼叫搶，是她的我搶不來，我能搶來的就不是她的。」蘇鐵振振有詞，忽而低頭扁扁嘴，「只是太沒臉，我一生人最沒臉有兩次，一次是衣服快脫光了，神醫也沒動心，再加上這次，當著大木頭被他老婆揍了臉。」

忽然她又想起什麼似的看著盧楓，「對了，神醫就是毛驢妹夫。」

盧楓臉一紅，不知是臊是惱，只淡淡地道，「我們早分開了，他去了非洲。」

「那他一定難過死了，那晚他還說了一大堆什麼要和妳一輩子的廢話，我都聽呵欠了，他果然是妳的，我搶不來。」蘇鐵叫，然後咯咯笑著，「他在非洲一定後悔死了，早知如此，就該睡到蘇鐵床上去！」

盧楓心裡赫然大驚，一時萬種滋味翻湧，這麼說她真是錯怪了子籌，這麼說他那晚的確不是要找虛詞開脫。

那邊蘇鐵已經非常自覺地躺下，把被子拉上胸口，心滿意足地說，「妹妹，我今晚和妳睡一張床。」

她閉上眼睛，又睜得大大的，「毛驢多好，幾年前就把妳電話給了我，說我也許有一天會用得上。」

盧楓隨口道，「那妳為什麼沒去找他？」

蘇鐵眼睛望著天花板，語氣很溫柔地說，「當然不能去找他，任何一個男人都不能見，他們心裡的蘇鐵，永遠是漂漂亮亮的。」

盧楓不大習慣與人分床，再加上心裡有事，大半夜仍睜著眼，以為蘇鐵睡熟了，誰知她忽然伸隻手臂過來，輕輕地抱一下盧楓的肩，很模糊地說了一句，「和女人睡一張床，我只記得是和媽媽，很小很小的時候。」

40

幾天的朝夕共處，盧楓有些明白蘇鐵的魅力在哪了，她真的讓人很放鬆。她對你不客氣，你也可對她不客氣，而她卻從不生氣。她哭笑喜怒，皆從本心出發，你不必傷腦子去猜，費心思去應付。她直腸直肚，一語中的，直搗黃龍，也許讓你尷尬，但卻不禁要喊痛快。她敢愛敢恨，享受本質欲望的快樂，恣意綻放生命最盛的花開。

白天蘇鐵躲在屋裡養傷，一個人簡直悶壞了，等到盧楓晚上回來，她就鬧著要出去放風，但又不讓人看見。

盧楓只好帶她去樓頂的天臺。

秋天的星空高而明淨，滿天的星子閃啊閃，蘇鐵要搬躺椅，拿吃的，吵吵嚷嚷上下幾趟才搬夠了東西，這才肯安靜坐下看星星。

星空下的談話總是契心而自如的。

「毛驢妹妹，妳有喜歡的男人嗎？」

「我不知道，說不清。」

「怎麼說不清，敢愛就敢做，可別假正經。」

「我那同學人挺好的，但是我不習慣他碰我。」

「大街上好人也挺多的，我也不喜歡他們碰我。」

她們相視一笑。

蘇鐵又說，「我有點想去非洲騎斑馬，順便再去勾引一下廖子籌，看他能不能是我的。」

盧楓笑，「妳知道非洲有多遠嗎？」

「不夠那顆星遠。」蘇鐵用手指向南天一劃，「我有過一個天文臺的男朋友，我叫他大熊座，他對我說，那顆星，到這裡有兩百萬光年，妳知道光年就是『連光都要走一年』嗎？」她煞有其事地樣子。

盧楓笑著點頭。

「就是說，現在妳看它閃啊閃，可這是它兩百萬光年前的閃啊閃。」蘇鐵一臉嚴肅，「妳不明白我的意思吧。」

盧楓搖搖頭。

「兩百萬年之前，兩百萬年之後，我們在哪裡？」她朗朗地說，盧楓卻是一驚。

「所以啊要抓緊時間吃東西，抓緊時間愛男人！」蘇鐵哈哈大笑，拎了一串提子仰頭就咬。

「蘇鐵，妳有時說話很不像蘇鐵。」盧楓探究地看她。
蘇鐵充耳不聞，只忙著吃。
盧楓的心潛下來，整晚都被心事扯得悶痛。

41

已經關了燈，蘇鐵突然說，「毛驢妹妹，妳不開心，喘氣喘得吵，讓我睡不著。」
盧楓不語。
「那妳想不想看看我的祕密，妳要想看就得答應我，不許帶著那麼多的氣睡覺。」
沒等盧楓說話，蘇鐵已經開了燈，把她那隻藍箱子拖出來，故作神祕地用食指壓壓唇。
盧楓哪有這個心情，卻不好拂了她的熱情，只得披衣坐起。
「從沒給人看過的，妳是第一個。」蘇鐵瞪圓眼睛看她一眼，緩緩打開密碼鎖。
箱子裡東西不多，讓人驚詫的是，裡面擺得整整齊齊地，竟然是各種各樣的刮鬍刀！
盧楓一臉不解。
「妳知道男人最性感的地方是哪裡嗎？是鬍子。妳知道男人永遠離不開的東西是什麼嗎？剃鬍刀。」蘇鐵滿臉笑容地說。
「這裡面是我愛過男人的刮鬍刀，每把刮鬍刀，都有一段好日子。」蘇鐵拿起一把，「這是博朗4605，它的主人叫『大灰狼』，大絡腮鬍子可扎人；這是『毛毛蟲』的松下ES40335，『毛毛蟲』那幾根軟鬍子，天天都要修一次；這把好土啊，老飛鷹剃刀架，要手工裝刀片，它的主人是個博士，我叫他『大腦袋』，和他在一起的時候，我天天早上給他裝刀片，還把手指割出血了。」

盧楓聽得目瞪口呆。

「等我老的時候，我就到一個誰也找不到的地方藏起來，那時候成了大媽蘇鐵肥婆蘇鐵，都隨它。」蘇鐵把箱子蓋好，眼睛晶瑩澄澈，「到那時這些刮鬍刀就幫我記起，我生命裡曾有多少美麗的時光，每一段愛情都是精選的上好的，全是愉快浪漫的感覺，沒有爭吵、膩煩、傷心和背叛。」

盧楓難以置信，「我從不知道一個箱子可以裝這麼多的剃鬍刀，就像不知道，一個人心裡可以愛這麼多人。」

蘇鐵得意洋洋一笑，「只愛一個人，愛情的感覺怎麼延續啊！」

「那妳愛的不是人，是愛情的感覺。」

「妳不覺得，那是愛情裡最棒的一樣東西嗎？」

盧楓不禁輕輕問，「那——盧樺的呢？」

「他的——」蘇鐵拉過床頭的貼身手袋，從裡面掏出來，「美國原產透明防水剃鬍刀，在這裡，他用的可真是好東西。」

「妳把它單獨放好？」盧楓眼尖。

「我真拿他沒辦法。」蘇鐵訕訕地背轉身，把燈關了。
「無論妳藏在哪裡，他都會找到妳，妳可知道又為了什麼？」盧楓再問。
「因為他最好啊。」蘇鐵把箱子合上。
「為什麼？」盧楓追問。
「是啊。」蘇鐵重新把那剃鬍刀包好放回。

42

不告而別是蘇鐵的風格，盧楓並不意外。
這幾日她臉上的傷痕淡得看不出來，她也坐不住了，沒事就打開門和上下樓的男同事搭訕，然後有些鬱悶地對盧楓說，「我看醫生裡邊就屬神醫是個極品了，妳看這些男醫生，乏味得像唐僧，還沒有唐僧好看。」
盧楓現在跟她說話少了許多客氣，她笑著警告蘇鐵，「兔子不吃窩邊草，這些草也不容易，妳就放過他們吧。」
蘇鐵樂道，「這些留給妳，我上非洲吃去。」
過兩天她就走了，下班回來，桌子上放著她的紙條，用很粗大的黑字寫著，「毛驢妹妹，妳的白睡衣和繡花拖鞋太喜歡我了，非要跟著我走，我只好同意了。」
盧楓笑著搖頭，心裡突然有些不捨，這些天，屋裡多她一個，也多了好多熱鬧和生氣，你不能不羨慕她身上的能量，還有她的任性，說走就走了，天南海北任她去。而自己，日子好像很難平靜下來了，或者說，其實日子一直不像它看上去那麼平靜。

實習期快滿了，總要給培生一個交代。

她終於把心裡那個決定說出來。

還是在情人路上散步，是誰給一條路這樣浪漫的名字，可惜他倆還是不能名副其實。

「培生，我要回家去，也許就不來了。」她小心地斟酌著，看怎樣能把話說婉轉，這樣的道別是有些困難的，特別是心裡存著虧負，難怪蘇鐵從不當面道別，她那是作賊心虛。

培生看看她，低了低頭，「我一直想讓妳留下來，雖然我知道留不住妳。」

盧楓好生抱歉，「對不起，是我沒福氣，你幾乎沒有瑕疵。」

「可是和我一起，妳就是沒感覺。」培生笑道，「妳的眼神總是不知去到什麼地方。」

「我經常不專心嗎？」盧楓赧然。

「是說妳對那個人太專心了，所以我這裡就無法一心二用。」培生又一笑，儘管有些落寞，但他那麼善於掩飾，「別過意不去，人生經常這樣，這種事情沒辦法。」

「能陪妳走過這段情人路——我都會珍惜。」培生輕聲道，「妳會記得這條路嗎？」

盧楓笑著望他，「當然，珠海最美的地方。」

43

一家人好久沒吃過團圓飯了。

媽媽特意帶上盧楓去超市採購，記憶中，好像從沒和媽媽去逛過街，盧楓還是有點拘束，不習慣跟得太緊，超市人多，反倒是媽媽，怕她擠散，要回過一隻手牽她，像牽一個小孩。

她總是為媽媽這些偶然的小親昵而雙眼潮熱。

在水產行盧楓和廖子珊碰個正著，兩人都有些驚訝。

子珊先開了口，「盧楓，妳真是愈來愈好看了，不像我哥，又黑又瘦，差不多成土著了。」

盧楓心怦怦跳著，「子籌回來過年嗎？」

「要是回來我媽就高興了，他年年都把名額讓給人家。」

「他還好嗎？」

「好不好我不知道，就是今年春天生病，差點沒死了。」

盧楓心裡一急。「什麼病，現在怎麼樣。」

子珊未及回答，只見一個面目慈善的婦人走過來喚，「子珊，還得買點花菇。」

「這是我媽。」子珊給兩人介紹，「這就是盧楓。」

盧楓忙叫伯母好，廖媽媽也慌忙答應，她久久地打量盧楓，眼神複雜，「小楓，說是去我家吃飯，到現在都沒吃成啊，子籌也不肯回來——」

盧楓又愧又痛，只好笑著撫慰老人，「伯母，我答應妳，一定會去，好嗎？」

子珊攙著媽媽走了，廖媽媽仍一路回頭。

晚上快開飯的時候，盧樺才下飛機，買了大包特產，犛牛肉啊蘇理瑪酒啊說是孝敬老人家。

盧楓悄悄問他，「你老實說蘇鐵到哪兒了。」

盧樺笑笑，「最近迷上了登山，剛從玉龍雪山回來，過了年還要去梅裡雪山。」

盧楓冷笑，「是迷上了個登山的吧。」

盧樺不語，一會兒轉開話題，「登山確實很刺激，山頂上陽光和積雪美極了。」

「你也去了嗎？」

「他們那個登山隊有十多個旅友呢。」

「那樣不太難為你嗎，看著她和別人一起，自己就在旁邊。」盧楓知道哥哥的性格向來好勝得有些霸氣，現在卻要這樣忍氣吞聲。

盧樺眼裡的光暗下去，「我要不是怕她有事——妳知道登山的意外很多。」

終於開飯了，今晚媽媽下廚，她已有多年沒煮菜了，所以特別鄭重其事。

爸爸竟然也會幫著端菜，這才是史無前例，雖然看著他那一貫威嚴的臉上用心擠出的幾絲俏皮，確實有些滑稽，但他們心裡都有些感動。

44

團圓飯的氣氛還好，碰杯、夾菜、說些輕鬆的話，這是家的感覺，儘管他們的飯桌比起人家的多些拘謹。

爸爸喝了口酒，發話道，「小楓的學位也拿到了，該回來好好發展一下事業，妳和小樺不一樣，他是男孩子，天南地北該去闖闖，女孩子離家近點，安定點才對。」

盧楓不敢吱聲，只是老實地聽。

「過年這幾天，妳跟我一塊兒去拜訪一下你們的新院長，放完假就回去上班吧。」

「可是爸爸。」盧楓小聲地壯著膽子說，「我的剛果簽證，三月份就下來。」

一家人不約而同地停住了筷子。

「妳去剛果幹什麼？」

「才聽說剛果有武裝衝突！」

「妳不是一個人去吧，一個女孩子千萬別去那種地方。」

盧楓抬起頭，慢慢地但清晰地說，「爸爸媽媽哥哥，我從小到大都聽話，但這次，我要聽自己的。」

媽媽插嘴道，「考醫學院那次，妳也沒聽。」

盧楓臉紅了。

「妳去剛果，肯定是去找廖子籌，不是分手三、四年了，還找人家幹什麼，我們家的女孩，做這種事多不矜貴。」爸爸說道。

「我不知道，我們家的女孩矜貴在哪裡。」盧楓脫口應道，「就是為了這兩個字，我要時時刻刻裝模作樣，口是心非，外面看著高貴得體，心裡卻沒一點快樂！」

她險些被自己嚇住了，哪裡試過這種口氣和父母說話，自己真是學壞了，她偷眼向他們望去，爸爸媽媽沉默不語，盧樺卻悄悄豎起大拇指。

不知多久，媽媽終於說話了，「算了，別勸她了，你還不知道這家子的脾氣，老的小的，個個都是死心眼！」

盧楓悄悄鬆口氣。

卻又聽到媽媽說，「年前我才辦了內退，想著打從以後什麼也不幹，只是給你們煮飯，帶孫子。」

她輕輕放下筷子，「年輕時只顧著忙事業，以為孩子是自己的，陪的時間有的是。」

「等有時間陪的時候，孩子大了，我也老了，他們哪裡還要你陪？」

她的眼圈慢慢地慢慢地紅了，「這兩年我不為你爸煩了，只是每天晚上睡不著，就想起你們兩個——

「小樺兩歲，早上張著小手要媽媽抱，我上班急著往外跑，他在後面哭著追，小楓八個月，睡著的時候，小臉粉紅得像花兒，看著真想讓人親一口，可我心裡趕著開會，連這點時間都沒有。

「現在我多想時間回去，哪怕回去幾分鐘也好，抱抱那大哭的小男孩，親親那粉紅的小臉兒。」媽媽的聲音哽咽得說不下去。

盧楓低著頭掉淚，盧樺輕輕擦眼角，爸爸卻用力眨著眼睛，好像把什麼東西眨下去，一桌團圓菜彷彿也在靜靜地唏噓著。

好像過了許久，爸爸這才清清嗓子道，「聽說剛果那邊，大白菜都得一百塊一棵，來小楓，妳在家裡多吃點兒。」

45

盧楓早有準備，這一路不會太順利。

先飛香港，搭國泰航空，在泰國停半小時，再飛肯亞內羅畢機場，停四小時，換機到金沙薩。

坐了近二十小時的飛機，整個人頭昏腦脹，在金沙薩下了飛機，一股迎面的熱浪又加重了她的眩暈。

還沒見來接應的人，已經上來幾個剛果的海關人員，拿著她的護照指指點點。

剛果是法殖國家，工作人員說法語，盧楓聽不懂，英語對方又聽不懂，那邊又有幾個檢疫人員過來，又是一串聽不懂，而她的行李還沒到，正是無計可施的時候，一個高個子中國男人經過，指點她道，「給他們塞點美元就沒事了。」

盧楓連忙拿出錢，卻又不懂怎麼打發，那男人拿過錢，挨個塞給工作人員，總算完事。

她鬆了口氣，感謝同胞及時出手。

那男人笑道，「出門不容易，這裡比較亂。沒人接妳？」

「聯繫好了的，可能在路上吧。」

「那妳小心點兒。」高個子男人先走了。

她站了一會兒，接她的人還沒來，這次她聯繫的是哥哥的一個熟人曾哥，在金沙薩開廠，臨行時說好了班次和時間的。

她打電話過去，沒人聽。

在這兒站著，周圍總有三三兩兩的黑人上來搭話，語言不通，又擔心他們動機不良，她只是一個勁兒地搖頭。

又等了許久，行李總算到了，她乾脆拖著箱子走出大廳，在門口等。

這次電話總算通了，曾哥的語氣很急，說工人打架誤傷了一個黑人，現在員警來封鎖了廠子，他出不來，讓她先找地方住下，或者直接租車去金杜市找廖子籌，也就八百多公里。

好吧，只能靠自己了。

飽經戰火，金沙薩的市容可謂殘敗，只是火辣的日頭下，人們的表情卻很悠閒，女子的衣衫斑斕鮮豔，男人也西裝革履煞有其事。

盧楓無心細看，她在街上總算攔到一個會講英語的司機，他的麵包車雖然破舊，但是出的價錢可不低。

上了車，她的心總算安定些，等綠燈時，正想打個電話回家，突然車窗邊現出一張笑嘻嘻的黑臉，還沒反應過來，手機已經被人輕輕地拿去了。

「有人搶劫。」盧楓急忙對司機喊。

司機動也沒動，她探出頭，見那搶手機的黑人慢悠悠地穿過馬路，前後車輛行人面無表情。看來在這裡，這是再正常不過的事情了。

她無奈坐回原位，車子沒空調，關窗會熱死，只好抱緊背囊，時刻保持高度警惕。

46

金沙薩到金杜，連條像樣的水泥路都沒有，這一路真是風塵滾滾，熱浪襲人。

所幸司機 Jacky 還老實可靠，路上飲用水奇缺，他卻肯省出半瓶給盧楓洗手，吃飯雖然都是入盧楓的帳，但他從不貪心，只吃最便宜的食物，見風沙大，還不知從哪裡找出一塊包頭布給盧楓，那布花朵繽紛，衛生卻可疑，盧楓不好推卻他的好意，還是圍在了頭上，然後看見司機笑了，黝黑的臉上露出雪白的牙齒。

晚上就住在附近市鎮的旅館裡，旅館人很多，也看見中國人，只是飯菜奇缺，床鋪奇髒。

她不禁輕輕抱怨了一聲，Jacky 卻說這已經算不錯了，去年叛軍內亂，別說吃的住的沒著落，開車出門都會遭流彈。

盧楓困倦至極，只得在床上鋪了報紙和長風衣，將就著合眼，而非洲的蚊子卻一團團地攻了進來，連蚊帳都擋不住。

後來她連撣蚊子的力氣都沒有了，太累了。

心裡卻還在念著，明天的這個時候，該可以見到子籌了吧，見到他該說先什麼，自己終於來了，來得算不算晚呢？

難為子籌，當年傷透著一顆心躲避至此，心裡已經是苦了，周遭的環境還要添些苦處，他就這麼倔強地忍著沉默著，四年了，他這是懲罰自己，何嘗不也是懲罰她？

如果不是這一齣，說不定他們都有孩子了，曾經他們是彼此那麼確定的人和事啊。

她忽地感覺他們的不智，想起那顆要兩百萬年才能到達地球的星光，想起人生的倏忽一瞬，他們浪費了多少時間去彼此傷心，彼此折磨。

只是不知子籌如今怎樣想，只是不知是否來得及，不管怎樣，她來了。

早上醒來的時候，她覺得頭更重了，臂上全是蚊子留下的一丘丘紅腫，胃口很差，不想吃早餐，只喝了些水，就催促 Jacky 上路。

Jacky 有些擔心地看著她，「妳被蚊子咬到了，可能會有麻煩。」

盧楓強笑道，「我是醫生，我知道自己，不過是轉時差睡得不好，快些上路吧。」

路上盧楓突然打起了擺子，一會兒冷得牙齒咯咯響，一會兒熱得如火炙，她疑心自己鬧了瘧疾，強撐著打開藥箱吃了片奎寧，卻還不見好，反而肚子開始噁心腫脹，吐得胃裡的酸水都上來了。

Jacky 一臉驚恐，他用手摸摸她的額，憂心忡忡畫了個十字，「上帝保佑她吧。」

盧楓染上的正是非洲頑疾惡性瘧疾，借助蚊蟲叮咬傳播，患者發病快，死亡率高。

高燒讓她的意識愈加模糊，她有些害怕，不是怕死，是怕死在路上，還沒見到子籌，還沒說上話，不是枉來這趟嗎？

她氣若游絲地對 Jacky 說，「別管我，只管走，不要停，一直到金杜，中國醫療隊駐地。」

身上的力氣快盡了，她用這最後一點力，在便箋紙寫了「廖子籌」三字，攥在手裡，昏了過去。

47

廖子籌早上起來，照例先去他們的小菜園鬆鬆土，澆澆水。

聯合國後勤部隊每週送來一次新鮮蔬菜和水果，但是供給常常不準時，他來的那年大家開始自力更生，這四年，有人走了，有人來了，獨是他，和這小塊菜地，一直在這兒堅守。

有人疑心他不想家嗎，可是最喜歡站在那幅世界地圖前的人，卻正是他，他常常用一根手指比劃著剛果到粟城的距離，一萬三千多公里呢，這距離，可以很遠，也可以很近。

他喜歡夜裡去看星星，日裡守著菜園，話總是那麼少，人總是那麼悶，除了工作，什麼都淡淡地。

護士小王跑來叫他，「廖醫生，送來一個惡性瘧疾的病人，高燒四十一度，深度昏迷，心跳微弱，中國人。」

他點點頭，疾步換上工作服，趕到急救室，幾個同事正在緊張地給那人測壓輸液，Jacky在外面苦著臉不停訴說，他是怎樣飆車兼程趕夜路把這個中國女人送來的，她是不是已經死了，那樣就太可憐了，她又年輕又漂亮，而且他的車錢她還沒給。

廖子籌冷靜地吩咐插管、注射青蒿素，這時換衣服的護士從病人手裡摸出一個紙團，打開一看，不禁輕聲念道，「廖——子——籌——」

廖子籌不禁抬頭。

「廖醫生，這不是你的名字嗎？」護士道，「病人攥在手心裡——」

廖子籌這才衝過來細細端詳病人，急性瘧疾可以一夜間毀掉一個生龍活虎的人，盧楓簡直讓他認不出了，可是儘管她形容憔悴枯槁，雙目深閉，臉色焦黃，可那的確就是他心裡時時呼喚的名字。

「小楓。」他輕輕喚一聲，心裡百感交集，又驚又喜，又急又痛，眼裡早已泛起了淚光。

急救緊張地進行著，廖子籌握著盧楓的手，那手冰冷而綿軟，他拚命地想用自己的熱去暖回它，小楓，妳千萬要醒來，妳千萬要沒事，妳要沒事，我什麼都聽妳的，妳要沒事，老天拿走我什麼都可以，我可以少活五十年，分給妳，我可以馬上死了，只要妳睜開眼和我說話，哪怕一句話。

他的眼淚直直地掉下來。

48

非洲的早晨，黃金的陽光照在院子裡，芒果在樹上纍纍，半紅半青，圓潤迷人。

盧楓半倚在床上，昏迷了三天，她的體力還很虛弱。

她坐在那兒，看著窗外廖子籌三下兩下爬上芒果樹，沒等看清，他已經兩手各握著一隻大芒果滑了下來，在窗邊向她舉舉，一臉笑容。

她目不轉睛地看他一路進屋，坐到她的床邊。

「在剛果，『吃飯靠上樹』就是說的這招。」廖子籌把芒果放在她櫃上，「妳才好，腸胃虛弱，這個是給妳當薰香的。」

盧楓溫柔地調侃，「你的確學到本事了，上樹比猩猩還快。」

廖子籌大笑，忽然又有些憂道，「想起來有多害怕，幸虧妳先吃了片奎寧，要是妳有什麼事，該怎麼辦好？」

盧楓笑，「我一直在對自己說，還不能死，還不能死，我要見廖子籌，我還要找他算帳。」

廖子籌饒有興趣，「要算什麼帳啊。」

盧楓深深地看他一眼，輕輕地拉住他的手，「我要算帳，從十二歲那年算起。」

「十二歲那年的帳，我哥天天說他們班有個聰明絕頂清高要命的廖子籌，我太好奇，蹺了課去給哥哥送傘，在教室後門看到你的背影，誰知你忽然回過頭來。

「十五歲那年的帳，為了每天早晨在學校門口偶遇你，我要煞費苦心，在爸爸和阿姨的目光下走進學校，看著車開走了，再溜出來藏在拐角守望你來的方向，等你等到心急，還要慢悠悠裝作剛剛來到樣子，值班的校警都當我是個有毛病的傢伙。

「十八歲那年的帳，為了考你在的醫科大學，我從文科轉到理科，日日夜夜補課，生平第一次頂撞媽媽，要死要活求爸爸同意，我隱瞞了自己暈血的毛病，大一做試驗，我是出著冷汗顫抖著手完成的，當然我現在已經克服了。

「這些年的帳，這些年——」她的聲音輕輕地哽住了，「這些年我走得遠，你走得更遠，以為就能慢慢地遠了，可是就連和人家喝一杯咖啡，連喝咖啡的工夫我都要想你——

「我什麼也不管了，就算你真的愛過別人，就算你做了什麼不可饒恕的事情都好，什麼都無法阻擋，我想念你。

「我漂洋過海來找你，就算你在月球火星我也會來找你，這些話盤在我心裡太久太久，我怎麼可以閉上眼睛，如果我不親口告訴你——」盧楓的眼淚靜靜地流淌在臉上，輕輕地說，「子籌，我一直愛你。」

廖子籌一語不發地把她抱住，深深地抱緊在自己的懷裡。

兩人不說話，窗外的陽光真好。

49

從玉龍雪山開始，魏星就一直看那傢伙不順眼，雖然登山隊的旅友都是臨時組隊，大家也不熟，但那個傢伙，魏星就是不喜歡。

那個叫盧樺的傢伙對他似乎也沒有好感，說話從來不看人，偶爾投射來的目光，都是陰沉沉地。

登山隊是魏星組織的，理所當然成了隊長，大家都是新手，對他的意見自然是言聽計從，只有那傢伙，總是要顯示自己比別人高明。

他們來到梅裡雪山腳下，準備安營紮寨。

天地間白雪皚皚，莽莽的雪野皎潔無瑕，只偶然見到一兩行小動物細淺的爪印，蘇鐵比誰都興奮，她朝四野喊著，「我要撒野咯，我要在雪地上撒點野！」邊說著邊就地滾去，一路尖叫著滾到坡底，片刻又大白熊般渾身沾滿雪塵，嘎吱嘎吱地踩著雪手舞足蹈爬上來。

這邊魏星正和盧樺僵持不下，先是選擇紮營地，魏星選擇背風地，但是盧樺說今夜有雪，風向會變。然後是釘樁，魏星說用雪釘加繩子固定，問題是大多隊友沒帶雪釘，盧樺卻堅持用普通釘釘上繩子插在洞裡，填上雪踩實。

他如此完工，用腳把雪踩了又踩，淡淡地說，「現在你就是用手拔都拔不出。」有人真的去拔，費了許多力氣，脫口讚道，「真的很結實啊！」

這時蘇鐵也嘎吱嘎吱地過來了，她用厚厚的手套拍拍盧樺肩膀，「毛驢，挺能幹的啊！」

魏星沉不住氣了，他也憋了勁兒去拔，帳篷卻紋絲不動，蘇鐵一旁只知歡喜看熱鬧，還拍了手給他喊加油。

魏星又氣又急，回身操了鏟子道，「用這個我就不信挖不動！」

盧樺迸出兩個字，「你敢？」

還是隊友們把他倆拉開，慢慢地大家也看出來了，這兩人針鋒相對，無非是為了蘇鐵，蘇鐵是魏星的女朋友，可是這個毛驢卻好像她爸，他跟著她，看護著她，事無巨細先想著她，簡直不容外人染指，不過許多時候也由不得他。

就像蘇鐵和魏星的帳篷紮營，他們是雙人帳篷，橘紅色的，多歡快的顏色，讓人妒忌。蘇鐵喜歡厚厚的雪，說躺在上面軟軟地一定很舒服，盧樺反對，非要把積雪掃淨才准她紮營，本來魏星也知道雪地紮營的避忌，但他惱恨盧樺專斷，又自恃帶了充氣防潮墊，便力頂盧樺道，「我倆睡哪兒，是我倆的事兒，我們就喜歡這雪上軟和，不硌腰，玩兒起來舒服！」

盧樺黯然，默不作聲地轉過身去。

50

夜裡清冷，大家各自躲進帳篷裡避寒。

蘇鐵縮在睡袋裡，把手電筒照一點微光，用壓低的尖嗓講鬼故事嚇唬魏星。忽然有人在帳篷外叫，「蘇鐵，我給你送個 Bivy sack 來，妳套在睡袋外面，保暖又防濕。」

蘇鐵應著鑽出去，聽得她在外面說，「毛驢你真好。」

又回來講故事，魏星把不快吞下去。

大約過了半個小時，盧樺又在外面叫，「蘇鐵，妳摸摸身子下面的雪化了沒，我給換一張泡沫防潮墊。」

蘇鐵一摸身下，果然體溫已經把雪化了一層，防潮墊上薄薄的水氣，她叫著爬起來，打開帳篷讓盧樺進來，「毛驢，雪真的化了啊。」

盧樺麻利地換了墊子，那邊魏星黑著臉說，「我們馬上要睡了，請你不要再來打擾了，蘇鐵是我的女人，我會照顧她！」

盧樺哼了一聲出去。

魏星悻悻問道，「他是妳的誰啊，真討厭！」

蘇鐵張張口，沒回答，只好問，「還聽不聽鬼故事了？」

「不聽了，睡覺吧！」魏星橫橫地應，把自己藏在睡袋裡。

「可是最恐怖的地方還沒講呢！」蘇鐵嘀咕著，這時，帳篷外盧樺又叫道，「蘇鐵——」

蘇鐵也不耐煩了，「哎呀毛驢，天這麼冷我倆沒法脫衣服幹什麼，你就別來了！」

「我把一個紙杯和塑膠袋放妳帳篷外頭，妳要是想小解，就解在紙杯裡，然後倒進塑膠袋扔掉。」他靜靜地說完，一步一步地走開了。

「媽的我不揍他——」魏星騰地坐起來。

「躺下！」蘇鐵喝道，「睡覺吧。」

魏星只好罵罵咧咧地縮回去，不知過了多久，聽到他的鼾聲如雷。

蘇鐵輕悄悄地爬起來，鑽出帳篷，外面下雪了，山裡的雪花茸茸地，涼涼地，溫柔如雛鳥的絨毛，她驚喜地抬起臉來，雪花落在她舌上上，倏地消融了。

她看到盧樺一個人站在營地邊上，他站了有好一陣子了，羽絨帽上一片白。

蘇鐵上去拍拍他的頭，順便拍下那些雪塵，「毛驢——」

盧樺回頭笑笑，眼神很憂傷。

「換了墊子，我一點兒也不冷了。」

「那就好。」

「毛驢，你別再跟著我了。」蘇鐵說，「跟著我，沒有結束那天，我對你不好，你就對自己好點兒吧。」

盧樺笑笑，想說什麼，卻終於不說，他仰著頭，看見黑夜裡漫天雪花紛紛地向他迎來，天地是這樣安靜，只有雪輕輕落在松樹上。

51

魏星凌晨的時候被凍醒了，他感覺身上冰涼冰涼，充氣墊子有點漏氣，起來一看，墊子下面昨晚那厚厚的積雪，已經被他的體溫融化了，怪不得冷成這樣，他嘴唇青紫地罵了一句。

蘇鐵也醒了，她倒睡得不錯，看著魏星那狼狽樣，笑得震天響，魏星見她笑得嫵媚可愛，也發不得什麼脾氣。

雪早停了，天還早，隊友們的帳篷一片沉靜，大家還睡著。

魏星突然提議，「我們先去附近山上看看吧。」他心裡想，趁盧樺沒起床，總算找到一個甩掉尾巴的空隙。

蘇鐵當然熱烈響應。

兩人踏雪前行，天碧藍碧藍，陽光照耀著雪野，美麗得讓蘇鐵一路尖叫。

他們上了半坡，風有些大，捲起雪塵打在臉上，魏星找了個背風的地方，兩個人極目四望，遠處就是梅裡雪峰，藍天，雪山，金色的太陽，雄美的景色讓人想大聲呼喊。

他倆你一句我一句地喊著，忽然，蘇鐵抬頭閃躲著刺眼的陽光說道，「咦，有太陽也會下雪啊。」

魏星看去，只見幾片細細的雪星兒密密地落下來，耳畔依稀聽到隱隱地隆隆聲，他的臉色變了，慌忙向旁邊張望，而蘇鐵還在自言自語，「是不是飛機聲啊。」

盧樺起來的時候，魏星和蘇鐵已經不見了。

他一路看著兩行腳印直往山坡上去了，心裡暗暗叫聲不好，匆匆帶了隨身的小工具箱緊緊跟去。

他知道新雪下後，特別容易引起雪崩，這兩人的腳印一路朝背風坡去，更是險上加險。積雪很深他走不快，人又心急，一路摔了幾個跟頭，連滾帶爬地行進。

近山坡時他看見他倆站在那兒，驚歎的呼喊著，喊聲在空寂的山裡一圈圈地迴響，他閉了閉眼睛，說聲「完了」，大聲呼喊引起空氣震動，這真是找死。

隆隆聲愈近，他看見小山似的雪片從峰頂坍落，雪崩開始了。

他不敢喊出聲，只是奮力向上爬著，卻見魏星渾身是雪一路滾下，盧樺狠狠揪住他衣領，低聲吼，「蘇鐵呢？」

魏星已經嚇得舌頭都打結了，「快跑，雪崩，還有——」

盧樺摔開他，拚命向上爬去，剛才他們站的地方已經被雪掩蓋了，幸好第一次雪崩雪量不多，魏星能逃出來，蘇鐵也應埋得不深，他輕輕呼喚蘇鐵，果然一處積雪有動靜，他慌忙用手去扒，見到蘇鐵的黑髮，他小心地拉她上來，蘇鐵已經被雪嗆得喘不過氣，軟軟地靠在他身上。

身上的棉衣太重，他背不動她，只好半扶半拖著走，這時隆隆聲又再響起，抬眼那遮天蓋地的雪片又壓了下來，他心一橫，抱著蘇鐵往旁側一滾。

52

他不知他們落在哪裡，但感覺身下有硬物攔著腰，厚厚的雪穿過他們身上傾瀉而下，讓人彷彿窒息。有那麼一刻，他覺得他們已經死了，他一點也不怕，儘管有些遺憾，可蘇鐵在他懷裡，在他身邊，不管怎樣，如果真這樣去了，至少他們永遠在一起了。

一塊突出的岩石救了他倆，救援隊趕到的時候，兩人都有些氣息奄奄，但是盧樺自始至終都緊緊抱著蘇鐵，那姿勢讓他的手臂有些僵硬，救援人員花了些工夫才把他的手臂拿開。

直到上了救護車，他們的身體才漸漸舒暖起來，蘇鐵好不容易攢了一口力氣，眼睛望向身邊的盧樺，盧樺背部著地碰到岩石，傷得比蘇鐵要重，此刻更是動彈不得。

蘇鐵費力地說道，「毛驢，我剛才想，要是我們，就這麼死在，一塊兒，也不錯，你和我，還有雪，最美的死。」

盧樺渾身無力，不能作聲。

蘇鐵艱難地喘著粗氣，說話的興致卻絲毫不減，「幾千年以後，人們突然發現我倆，冰封的兩個人，緊緊抱著，那時候——」

話沒說完，護士就在她臉上扣了個氧氣罩，這下她才老老實實了。

盧樺的爸爸媽媽也連夜趕來了，媽媽更是在醫院附近租了房子住下，每日裡燉湯煮藥，烹些精細的飯菜，悉心照料。

蘇鐵見了盧媽媽可真是高興，每天毛驢媽媽長毛驢媽媽短地大聲叫著。

「毛驢媽媽，明天這個肉肉湯多煮兩碗啊。」

「毛驢媽媽，我上次去妳家吃的那個鮑魚汁草菇片，太好吃了，妳還會做嗎？」

「毛驢媽媽，我覺得妳愈來愈像個好媽媽的樣子了！」

「毛驢媽媽，我後背有一些癢癢，妳幫我抓一抓。」

盧媽媽不知該惱還是該喜，這次謝天謝地，總算盧樺平安無事，懸著的一顆心才歸復原位，至於其他，她是無心也無力計較了，她感覺自己是老了。

她當然不會有多喜歡蘇鐵，但是為著盧樺高興，也就忍著不再囉唆什麼。這天病房沒有外人，盧媽媽忍不住對蘇鐵說，「妳想吃什麼可以說，只是請妳以後叫我的時候，把毛驢兩個字去掉一下好嗎？」

蘇鐵應道，「那叫妳『媽媽』啊。」

盧媽媽也馬上覺得不妥，正擔心她有心借橋上位，誰知蘇鐵又說，「不在前面加『毛驢』，人家會不知道妳是誰的媽呀！」

盧媽媽只能乾瞪眼睛。

53

盧楓和廖子籌不日將要回國，盧媽媽見盧樺已無大礙，又掛記著女兒，就先趕回去了。

盧樺和蘇鐵轉到德欽的一個療養院休養，身體恢復得很好，只是戀著這無憂無慮，相依相伴的舒服日子，兩人都有點賴著的意思，不肯痛快出院。

白日裡兩人在湖邊釣魚，騎騎自行車，在草地上躺著看書，傻傻望天，高原的雲朵潔白而低，彷彿一揚手就能扯下一把，溫柔得讓人心疼。

蘇鐵心裡的聲音總在響著，夠了，足夠了，該走了，她大聲嚷嚷裝聽不見，然而她拂不去那聲音帶來的焦躁。

終於這晚，吃飽了飯在花園裡散步，盧樺說，「盧楓和子籌回來了，他們總算能在一起，也算是不容易了，我曾揍過子籌，看來這次要回去乖乖挨他幾拳。」

蘇鐵「哦」了一聲，「我剛剛也想說，咱們在這兒裝病也裝得夠長了。」

盧樺試探著，「妳想回去見見老朋友嗎，和我一塊兒——」

蘇鐵沒說話。

盧樺笑笑，「沒關係。」

蘇鐵皺眉，「我都恨自己，你是世界上對我最好的人，可我的良心卻讓狗吃了。」

盧樺輕輕地拂了拂她額前的頭髮，「妳不過是隻沒有安全感的小動物，從一個樹林逃到另一個樹林，以為天下的樹木都不夠結實暖和。」

蘇鐵一怔，眼睛有些濡濕，「是嗎？我沒有安全感嗎？我一直不都是挺敢闖的嗎？」

「小動物不相信世界上有一棵那樣的大樹，質地結實，枝幹高大，足以抵禦歲月和風雪，小動物不相信恆久的東西，牠也許看到過衰敗和變遷，卻不知道那之後也許就是昇華。」盧樺緩緩地說著，「那些是必經的過程，因此才得以完整，蘇鐵，別怕。」

「可能那就是牠的生活吧，每一種動物的習慣都不一樣，公雞早上要打鳴，貓頭鷹半夜抓田鼠。」蘇鐵不動聲色，轉眼又恢復了笑嘻嘻的模樣。

盧樺苦笑，「要是公雞愛上貓頭鷹——」

蘇鐵已經咯咯地笑開了。

「那也只能跟牠跑，從一個樹林到另外一個樹林。」盧樺感慨地說。

「毛驢——」蘇鐵不安。

「算了，有些事情是自找的，什麼辦法都沒用。」

「毛驢，我想你記住一件事，這話我只對你說，就說一次。」蘇鐵眼睛閃閃地凝望他，「其實我最愛的，可能是你。」

54

廖家又開始忙了，廖媽媽還是一早去菜市場大包小包地回來，廖爸爸還是騎著摩托車去城郊買土雞，買甲魚，子珊還是裡裡外外，灑掃亭閣。窗帘布已經換了新的，四年前的新桌布早變了舊桌布，這次乾脆連桌子都一併換了。換上了新衣服，廖媽媽卻跑上跑下，轉來轉去，心慌慌地總擔心漏了什麼，子珊被她轉得頭暈，不禁說，「媽，妳別像個黑旋風似的，坐下一會兒好不好。」

廖媽媽嘆口氣，「一坐下心就跳得厲害，擔心哪兒沒準備好他們突然回來了，又擔心他們臨時有什麼事又不回來。」

「反正又不是第一次失望，妳乾脆啊別抱那麼大希望。」子珊笑嘻嘻地逗她。

廖媽媽正想訓她，忽然聽得門外一聲喊，「媽——」

不等廖媽媽站起來，子籌和盧楓兩人已經並肩進了屋。

「伯母，讓您等久了。」盧楓笑容滿面地對她說，轉頭看看子籌，「這次，我總算進屋了。」

盧媽媽去開門，門外盧爸爸又折了回來，帶著些訕訕的神氣。

「你又忘了拿什麼？」她有點不耐煩。

「哦——忘了拿，我也忘了要拿什麼了。」

盧媽媽瞪他一眼，「真是上了年紀。」

「是上了年紀啊，所以他們個個勸我接受返聘，我還是說不要了。」

「早退下來也好，還沒累夠啊，該好好享受一下生活了。」

「是啊，妳看小楓也快結婚了，明年也該抱外孫了，妳一個人哪裡忙得過來，我不來幫妳哪成？」

盧媽媽斜了他一眼，「你想怎麼樣就說吧。」

盧爸爸裝模作樣地在屋裡轉一圈，「不知道這兒夠不夠住，我以前的被子還能用嗎？」

盧媽媽扔下一句，「想搬回來就搬吧，這麼大間屋子還怕擠你不下？」也不看他，徑直往陽臺上剪枝，只偶爾從花葉間，見到她隱隱的笑臉。

這一夜好像格外地長。

盧樺把頭枕在雙臂上，睜開眼睛清泠泠地望著天花板。

他在等待天亮，等待一個揭曉，等待一個未知。

臨睡前，他來到蘇鐵的房間，她在收拾箱子，這麼多年了，還是那兩隻箱子，一隻紅，一隻藍。

那兩隻箱子總讓他的心有些悸痛，他無法讓它們安定下來。

「毛驢──」蘇鐵俏皮地，「你要不要睡到我床上來。」

盧樺笑笑，他沒心情。

他不聲不響地坐了一會兒，說，「蘇鐵，我實在是沒辦法留住妳了，如果妳覺得那樣是快樂的，妳就走吧，隨便哪兒，到妳喜歡的地方，過妳喜歡的生活。」

蘇鐵沒作聲，停住收拾衣服的手，坐在地上。

盧樺從袋裡掏出一張信用卡，輕輕地放在桌子上，「這張卡，我會定期打錢進去，只要我活著，都要讓妳有錢買漂亮衣服。」

他突然又笑了，「不過你也不能阻擋我過喜歡的生活，你只管天南地北去，我可能隨時隨地隨後就到。」

蘇鐵坐在地上捧著腮，靜靜地笑著看他。

「謝謝你，毛驢。」

「別客氣。」

「對不起。」

「沒關係。」

「毛驢你該刮鬍子——」

「我要把它留長。」

他說著走出來，把門輕輕帶上，儘管門關上那刻，他幾乎要哭出來。

天色一寸寸地亮了，房間裡的燈變暗了，門外是往來的腳步聲，還有高高枝頭上的鳥雀聲，他艱難地動了一下，覺得手臂痠痛痠痛。

他爬起來，洗了把臉，鏡子裡那人血紅眼睛，鬍碴像草根。

他還是拿起刮鬍刀，一點一點地把鬍子剃了。

終於沒有什麼再忙了，他這才出門，緩緩地走向蘇鐵的房間。

她還在嗎，說不定她突然想留下來，她最愛他，她也許突然不捨不忍了，會不會？

她也許走了，那是她的風格，天不亮就提著兩個箱子，一紅一藍，隨便就上了哪輛車，不知到什麼地方了。

他的手握在不銹鋼的門把手上，停住了。

不是相思 是紅豆杉

她生著氣鑽進纜車，他黑著臉隨後，穿藍色制服的工作人員面無表情關門。

咔噠一聲，門鎖上，車廂封閉的空間，窄窄的他倆。

他們這時才互望了一眼，極為迅疾的一眼。

不必強顏，看樣子大家都壞著心情，也不必寒暄，反正素昧平生，要不是這纜車規定要兩人乘坐，要不是彼此落了單剛好遇上，她或他甚至不會在路上互看這眼。

纜車開始滑動，索道上擦擦的聲音，她轉過頭佯裝看風景，卻緊緊閉上了眼睛。

是的，她怕高，李巍最清楚，上次去飯店坐玻璃電梯，才升到四樓她就暈了，那次把李巍嚇得，從此再不許她登樓攀高，連準備結婚的房子都只看四樓以下。

那是從前的李巍，時間總有本事讓所有的相愛變樣，不一樣了啊，最眼前的，好不容易排到假期出來玩他還氣她，她流淚她不說話，他沒事似的，她賭氣跑上來坐高空纜車，他也由她，由她玩命，由她冒險，由她孤零零地跟不知道是誰的男人坐情侶車廂。

不免心有點淡。

不免更狠地想，好吧好吧，就讓自己暈死吐死嚇死，讓他後悔都沒機會。

念頭剛動到此，突然，纜車踉蹌了一下，搖晃著停下，事實上，是懸在半空了。

不會吧，她睜開眼，希望這是做夢。

「故障了。」身邊的他說，這次她看細些，是個不難看的男人，乾淨隨意，帶點淡淡的傲氣，只是臉色太過蒼白，額上沁著層汗。

真背啊，她暗叫，不經意往下一瞥，心緊縮起來，她的背直直地抵著座椅，有點喘不過氣，「這──這有多高？」

「三四十米吧。」男人答，語氣有些疲憊。

「那是多高？」

「十層樓多點兒。」

「會不會掉下去？」

「我也想知道。」

「我──我怕高！」

「看得出來。」

頭眩得厲害，胃酸開始湧上來，她緊緊地捂著嘴，想哭。

臂上振了一下，男人遞過一包紙手帕。

她手裡需要東西，那包紙手帕幾乎讓她攥成了團。

「我說，別把兩隻眼睛都閉上，睜一隻，閉一隻，像我這樣。」他懶懶地說。

她試了試，轉頭看，那人真的在睜一隻閉一隻，這使他的冷傲帶了點滑稽，她破涕而笑。

「為什麼要這樣？」

「舒服。」他正經地說，「全閉上以為看不見，其實心裡想著更覺得害怕。」

「我不敢看下面。」

「那看上面，像我這樣。」

有那麼一會兒她忘了身處的險境，而是想著這兩個人睜一隻眼閉一隻眼地舉頭瞪天，是件多麼可笑的事情。

十五分鐘過去了，沒有動靜。

她的心又開始緊起來，「怎麼沒人來呢？」

「會來的。」

「要是掉下去怎麼辦？」

「如果真的要掉下去，咱們最好抱成一團，可以降低撞擊力。」他頓了頓，「不過我是有女朋友的人，這樣妳會占我便宜。」

「呵——」她又好氣又好笑，「還不知誰占誰的便宜呢！」

「咱們玩故事接龍吧，反正是等。」他提議，「妳開始。」

講故事，她有多久沒講故事了，她開始講，「從前有座山，山裡有座廟，廟裡有個老和尚講故事，講什麼呢？」

他接，「老和尚說，咱廟裡啊原來住著一個女耗子精，可饞了，最喜歡偷吃香油。」

她又接，「香油總是被偷，大家好煩惱，紛紛想辦法收它。」

他繼續，「可是這女耗子精不怕貓，也不怕貓頭鷹，天下間只怕一樣東西，這是個秘密。」

……

他們一言一語地專心接故事，大戰女耗子精的場面浩大，動用了黑貓警長，虹貓藍兔，法海的水浸金山浸了耗子洞，洪七公的降龍十八掌也用來降耗子，甚至少林拳，你來我擋，這是天地間最厲害的耗子精。

她很快樂，最後實在接不住了，「喂，快說快說，這個女耗子精最怕什麼啊！」

他慢慢道來，「終於，如來神掌出馬了，他拈起這女耗子精，把她放在高高山上一棵樹尖兒上，看，就是那棵。」

她看去，右方山巔上有棵參天古樹，翠綠如蓋。

「女耗子精跪地哀求，放她一條生路——」

「她為什麼怕那棵樹啊？」

「她不是怕樹，她怕高——」

「嘿你這人！」她叫，「你笑我呢，怪不得左一個女耗子精，右一個女耗子精，難道男耗子精就不怕高！」

「男耗子精用堅強的意志克服了。」他笑了，淺淺淡淡的，好看。

「誰是男耗子精？」她促狹。

他不應，翻眼睛看天。

救援隊在前面幾個車箱忙著，他們爬上塔架，從鋼索上滑到吊箱裡，再用吊帶和救護褲把遊客送到地面。

她看著心又慌起來，「可能，可能我不能用那個吊帶。」

他沒接她的話，卻問，「那是什麼樹，就是女耗子精那棵。」

離得遠，看不很清，只依稀辨得那細細的葉，她猜測道，「好像是相思樹。」

「南方的樹真好看，我們那兒一進九月，樹都禿了。」

「你在北方嗎？」

「嗯，可老北了！」他故意用很濃重的口音說，她又被逗笑了。

李巍的電話這時打來，她沒接，不是賭氣，她已經忘記和他生氣了，只是不想聽，好像那是另一世界的人和事。

「有人在下面等妳是吧。」他淡淡地說。

「嗯。」

「我女朋友也在下面。」

「哦。」

「沒事了，我們吊在這兒已經兩個小時了，我們贏了，不是嗎？超過那個時間限制，什麼高也不怕了，妳沒覺得嗎？妳眼睛溜溜地又看樹又看山的，覺著暈沒有，沒事了。」

「真的！」她叫，「真的能治好啊！」

「我得謝謝妳這個伴兒，其實，男耗子精跟女耗子精的秘密一樣。」他把頭轉過去，閒閒看風景的樣子，「我女朋友很幼稚，非要我上來挑戰極限，才證明我愛她——有點無聊，但我想證明，我能。」

她有一點泫然，卻格格笑起來，「難怪啊，你後背的衣服全濕了——」

「扯淡，那是怕妳占便宜，緊張的。」他酷酷地東張西望。

穩穩著地時，她還閉著眼睛，雖然心裡真的沒那麼驚恐了，但還不大習慣。

李巍上來就說她任性沒腦，當著那麼多人的面，絮叨地像個阿婆。

其實這一刻她只要一個擁抱，沒有廢話的擁抱。

他也下來了，一個花兒般的女孩跳上去抱住他尖叫，他有點閃躲，臉上回復淡淡的傲氣。

人們把他倆擠散了，擠得越來越遠，才想起還沒來得及問他的名字，他的電話，他是誰，她躊躇著要不要問，躊躇的時間裡，他更遠了，東張西望的樣子，是他酷酷的習慣動作，還是在找誰。

她只來得及拿出手機，朦朦朧朧地拍了一張遠景，在鏡頭裡，才注意到他的衣服是深灰色的。

以為事情也就到此了。

然而半年都過去了，她反而越常想起他，就像明明站在十五層的陽臺上看了半天夜景，卻突然想起自己本是怕高的。

她還留著那包紙手帕，那天一直抓在手裡的稻草。

她曾細細研究過，那是旅行團附贈的紙手帕，應該是他隨手放在身上的。旅行團的名字叫肇慶龍之旅，有電話，有地址。

還有那張朦朧的遠景，他的側面模糊，倒是身邊花兒般的女孩回頭一笑被拍個正著。

她一度尋思，將這些當成記憶，來藏，還是作為線索，去找。

她需要一個出師之名。

國慶，她的部門組織短期旅遊，偏巧是上次那個景區，李巍說還去呀上次還沒夠啊，她說團體活動不參加不好，天知道她何時成了熱愛團體的人。

風景依舊秀美，心情依舊是沒著落的。

中午在景區的植物園用膳，餐廳外古樹參天，細細的葉子，正是女秏子精那款，她隨口道，「好大的相思樹！」

主任曾做過生物老師，糾正她說，「小鄭，哪有這麼高的相思樹，看仔細點兒，這是古紅豆杉，冰川紀的樹種，一級重點保護植物，人家這一棵，頂妳幾片相思樹林子！」

她吐舌，「糟了，我還以訛傳訛了呢。」

便對自己說，這得告訴他，得想辦法告訴他，名字可是重要的事兒，誰都不喜歡被人叫錯，誰說一棵樹不這樣想。

心情卻突然敞亮了。

過程難免繁瑣枯燥，打電話去旅行社查半年前的遊客紀錄，人家是不會理睬你的。辦點事不容易，尤其是這件，不太值得相信的。

她請了兩次假，搭車去肇慶，全程四百八十六公里，找了老同學，動用了同學的關係，還給了紅包，終於見到那次帶團的導遊，感謝那張遠景，導遊記性很好，一眼認出那個花兒般的女孩，說她身材很棒，脾氣很大，男朋友很帥，那是一個鐵路系統檢察院組的團。

她拿到了他的名字，還有聯繫旅行社的工會主任的電話。

她以旅行社的名義打電話過去，工會主任是個很熱心的人，不僅告訴她何亦銘是個優秀的檢察官，東北人，二十九歲，還說三個月前他就調到哈爾濱運輸分院了，然後才想起問，你幹嘛找他啊。

她說有件挺重要的東西——算是件重要的東西吧，她對自己嘀咕，如果他在辦案的過程中，剛好碰到關於這棵樹的案情呢，這是很難說的對不對。

工會主任講了他的單位地址和電話，比她想像得容易。

一切都近了，她卻慢了下來。

不會打電話的，太直的電話線，接通是簡易的，簡易得沒了餘地。

去見他吧，去那個大老北的地方，下雪的時候，剛好在街上碰見，隨口想起的一句，喂，上次說錯了，不是相思，是紅豆杉。

她請了明年一月的年假，爭取了李巍的准許，還在網路上訂了新款的羊絨大衣，全套的保暖內衣，厚厚的手套和圍巾。

最漂亮的卻是那雙大紅色的鹿皮靴子，她一個月的工資哦，這顏色她猶豫過，太熱烈了，讓人又愛又怕，太顯眼了會不會，當然要顯眼，讓他能一眼看到她。

那天送報表忘了蓋印又折回來，在文印室聽見李巍對主任說她，都快三十的人做事還總少根筋，還沒去東北呢就買了好幾千的衣服。突然好想狠狠叫幾聲，他再多一句，她就要崩潰了。

快放假吧。

等到他前，她已經在那條大街上轉了兩天。

天下著點小雪，不很冷，可是一眼見他走出大門，她卻突然戰慄了一下，懼怕嗎？自己是否在做一件很蠢的事情，就算是吧，人生能蠢幾次，更何況她一直不精明，如李巍說的，少根筋。

她估算路線方向，慢慢地靠近，製造一個很巧的邂逅，讓他很巧地發現她——可是，如果他不認識她呢？如果他早忘了她，如果他的臉哪怕有一絲陌生人的冷傲——還來得及嗎？現在，要不要往回走。

可是，他已經看見她。

來不及有什麼念頭，感覺右臂突然的疼痛，他的速度，他的力度，他聲音的高度，他的笑容盛放著，好看，那很深切很誠實的喜悅，「還能碰上妳啊！還能碰上啊！」

「喂，是不是妳啊！」

她佯裝了一點驚喜，「對啊，我來旅遊的，你怎麼也在這兒啊？」

「什麼話，這是我家！」

「是嗎？」她說，卻見到大樓裡有個女孩探出頭在喊，「何亦銘你俐落點行不？你想凍死我啊！」

他答應了一聲，轉頭笑笑，「我那女朋友，現在是老婆了，越來越潑辣——這樣，我請妳吃飯吧，對了，還有妳那位呢？」

「哦，他剛好約了朋友，一會兒就來接我。」她說的那麼順口，連自己都不懷疑。

「那麼下次什麼時候——」他還沒說完，等得焦躁的女孩已經在臺階上吼了，「磨咕啥玩意兒呢？」

「你快去吧。」她勉力笑笑，「對了，上次你問的那棵樹，女耗子精那棵，不是相思樹。」

「不是相思，是什麼呢？」他邁開了一步，卻仍依依的神態。

「紅豆杉，我當面更正了，這可是件重要的事兒。」她舒了口氣，裝作輕鬆地一笑。

他道別，一路跑走，回了好幾次頭。

她不要再看他的背影，插著口袋挺直脊背疾行，只知與他背向，不知前方何處。

忽地想起方才的對話，「不是相思，是什麼呢？」

低下頭，細細的絨毛似的雪星兒，正落在她鮮紅的靴上。

半局

1

他一心要學點英語，至少去到美國能應付些日子，雖說一個點心師傅不需要見太多人。

能走到這步不容易對嗎，他已經三十五歲了，笑起來眼角的紋兒就像水裡的漣漪，雖然看起來還是一樣帥氣，但那何嘗不是擠起來的歲月。

這些年，他沒空去愛，沒有房子，他的努力緩慢卑微，一波三折，只是從沒放棄。所以，所以齊召南，齊召南啊，你不好好聽課，你總看她的旗袍幹什麼？

他暗地裡呵斥自己，呵斥得有點無力。

井丹老師，是個怎樣的女人，他說不好，只覺得喜歡看她，她美，卻不招搖，不逼人眼，恬恬淡淡地很舒服。

她穿旗袍，草綠的底，細白的花，那該是軟韌的棉布，服貼著她溫柔的曲線，這樣一個很中國的女子，來教英語，不小心他就被那「中國」牽住了，忘了她教的是什麼。

這樣被問到的時候就很窘，他一個大個子，站起來只是看著人笑，也不說會，也不說不會。

這笑太實在，也真的很可愛，井丹也不由笑了。

下課的時候她叫住他，他很慌亂，穿過課桌椅子的時候，撞了這個又碰倒那個，乒乒乓乓地，看得她驚奇了。

「我想問，是不是我的課講得太快了，你可以提意見，這是你的權利，你交了學費的。」

他都沒留心聽課，哪裡知道快慢，想了想冒出一句：「我是個點心師傅。」井丹「哦」了一聲，看看等不到他下一句，便說：「這樣好了，每天下課後，直到五點半前，我再給你補一次。」

她教過許多這樣的成人學生，跟她彷彿年紀的，比她年長許多的，在生計中憂煩奔走的，一開始，她並沒覺得他有什麼不同。

是他的那些點心，讓她感覺不同了。

第三天下午補課，人散了，教室裡只餘他們兩個。

齊召南從背包裡拿出一個桔紅色的飯盒，打開，裡面盛著四隻紅豆馬蹄糕。那糕是半透明的淡青色，紅豆的顆粒大而圓，清香淡淡怯怯地，等她的眼色。

井丹叫了聲，「呀，這是你做的嗎？」

齊召南含著笑，半是欣慰半是驕傲地，「我是個點心師傅嘛。」

「我能試一隻嗎？」她的樣子像個準備淘氣的女孩。

「全是給妳的！」他衝口說，又趕緊降低了語氣，「不能白讓妳補課吧。」

她吃東西的樣子，他多喜歡看，一點也不像個矜持的老師，他真感激她的不客氣，她一心一意地大嚼著，吃得多麼高興啊。她一氣吃了兩隻馬蹄糕，萬事足的表情，回眼看看齊召南，這才有點靦腆，「看我狼吞虎嚥地，真不體面。」
「沒關係，沒關係。」
「真好吃，真的，吃到好吃的東西，我就得意忘形了。」她笑了一下，把剩下的馬蹄糕小心地包起來。

2

每天能有這樣一個時辰，真是件愜意的事。齊召南深深地感到。

早上五點他就醒了，天還黑著，他不睏，鑽進廚房發麵粉，湘蓮子去了衣，白嫩嫩地，他把著小磨盤，細細地磨，不嫌煩。

他要做最好吃的蓮蓉包。

活兒全幹完了，時間還很長一段，他大聲讀了幾頁英語，又心神不寧地去看那些包子，包子很漂亮，一隻隻小巧豐腴，穩穩坐在小蒸籠裡。他放好蓋子，沒隔一會兒，又來看看。

日頭走得可真是慢，一天裡他盼這下午放學的四點半，好像已經盼了一輩子。

而他仍能沉著地坐在座位上，作面無表情看書狀，耳朵聽得教室裡人走光了，一下子靜寂下來，只有井丹在講臺上收拾講義的聲響。

這是他一天中最愜意的時辰。

外面的聲響一浪浪地遠了，向晚的陽光柔軟而金黃，教室就半浸在這夕陽裡，像玻璃瓶裡的蜜糖。

井丹低低放些英文歌，不知唱的是什麼，但這些歌聲讓人舒服。

他埋著頭做作業，似不經意抬頭看黑板，看得卻是吃點心的井丹。

她誠心誠意地在享受那些點心，那專注使他不太敢看，然而他偷偷地笑了。

從沒有人以這樣的真誠吃他的點心，酒店裡的客人，三五成群地坐下，點心幾籠幾籠地叫，他們的嘴好忙，忙著招架往來，話是主兒，點心是陪，隨隨便便咬一口，再好的滋味，他們也吃不出。

他樂意看她吃，心裡暖呼呼又喜洋洋地舒坦，說不出的甘願。

一次她的水喝完了，他出去為她買。嫌門口商店的礦泉水牌子不好，走了三條街，終於買了瓶優質牌子的水，揮著汗一路跑回來，心裡卻踏實。儘管她喝的時候並未察覺，然而這樣的勞煩，他甘願。

那個暴雨天，大水浸街，簡訊明明通知停了課的，他還是披了件雨衣濕淋淋地趕去學校，站在空蕩蕩的門廳等了大半個時辰，只是為了一個多餘的擔心，萬一她不知道趕來了，至少還有個人在。簷外的雨珠如線，濕衣裳的雨珠亦如線，這樣的狼藉，他甘願。

她天天吃著他的點心，他日日看著她的笑靨，事情如此了，這樣自然地，他想到了下一步。

他沒敢想那麼遠，他不過想請她出去吃頓飯，要找一個有燭光的地方，落地大玻璃背後是青青的植物，能聽到音樂，而音樂要像微風，可以遠，可以近。

於是這天的補課，他破例沒拿出點心。

井丹有點奇怪，但馬上幫他說起話來，「白吃了這麼久好點心，早已是過意不去了，雖說你是在酒店順便捎過來，但總是不大好的。」

她還不知道，這些點心都是他專門為她做的，是絕版，限量發送。

他沉吟著，盡量讓自己顯得不經心，「今天沒帶點心，是想請妳出去吃頓飯。」

常有成人學生發起各式的飯局，井丹並不意外，「吃飯啊，怎麼不見班長他們說。」

「也就是我和妳兩個人。」他臉紅了，就說不出什麼場面上的話來。

「哦——」井丹應著，慢慢地看了他一眼，「可是五點半我沒空，我要去幼稚園接女兒，我女兒，四歲的小女孩。」

3

他看到了井丹的女兒，隔天她帶孩子來上課，小女孩異常地乖靜，坐在第一排，安分地畫畫。

他猜疑是不是她在婉拒，非常委婉地說，不能。

那就是她錯估了他，他從來不是個難纏的人，也不懂死乞白賴，也不懂窮追不捨，只是行到水盡，坐看雲起，順應自然吧。

然而心裡不難受，那是假的。

她很好，他的確是喜歡，然而終究是來遲了，來遲了也只好認了。

表面上他還是如常，還是帶各式精美的點心來，給她和她的孩子，看著她們開懷地吃，屬於另一個男人，她們是。有點心酸，但是有什麼關係，不妨礙這一刻，他這一刻的快樂。

他逗女孩玩，笑聲朗朗地，親切如鄰家的父兄，井丹幾番起疑自己的多心，他哪像有什麼非分的想法，想得非分的倒像是她了。

培訓班課程結束在春天，學員們說，不如和井丹老師一起去春遊吧，多潤的天氣，能擰出一把水。

他們去到一個山莊，有山有水的山莊，大家在草地上紮營，有人生火，有人拾柴，齊召南力氣大，兩手各拎著一個鐵桶，去百米外的龍頭取水。

井丹和幾個女生坐在草地上閒聊，不知是誰說的，明天是四月一日愚人節，女生們刁鑽，都嚷著提前過，提前過，今天要好好整個人。

當時齊召南就站在百米外，他笑呵呵的樣子有些憨厚的傻。

有人說，就他吧，好上勾。

她們壓抑著笑聲緊張地商量，一個女生壞壞地對井丹道，「井老師，委屈妳合作一下。」井丹笑著擺手，卻哪裡攔得住她們。

齊召南滿了兩桶水，兩隻手拎著，胳膊上掙出肌肉的線條，突然他聽到從營地傳來女生們的尖叫，「蛇！毒蛇！井老師被毒蛇咬了！」

他的心忽地躥上喉底，摔了兩隻桶，拚了命地奔過去。

女生們眼裡，這個男人實在好哄得很，他不顧一切地狂奔而來，像一隻瘋牛。就有人忍不住偷笑，臉上那鬼鬼的眉眼，稍一留心就能讓人起疑。

井丹開始也是笑著的，但她很快覺得不對了，大步跑來的齊召南，一把抱起了她，那突然而來的失重感讓她有點眩暈。

「叫車，送醫院！」他邊跑邊簡短地命令。

井丹在他懷裡，他的氣息那樣的貼近，她甚至可以感受到他的脈搏，那樣激烈、火燙的跳，他的手緊緊地抱著她，讓她以為自己輕如片羽，讓她以為永遠不會墜落。

他低下頭，深切地看她，卻用一種溫柔的語氣說，「沒事的，醫院很近，妳得堅持住。」

她無力地合上眼睛。

卻聽到她們爆炸似的大笑，帶頭幾個女生沖出來，邊跳邊嚷，「FOOL！FOOL！」

「井老師裝得好像啊！」

「齊召南，愚人節快樂！」

井丹匆匆地逃開，不敢回頭面對他的難堪。

直到午後，大家吃飽，各自找樂，她才敢隔著荔枝樹的枝葉偷偷望他。

他背靠著一棵樹坐下休息，那是一張已經平靜的臉。

4

也是那天，晚上回來的時候，淅淅瀝瀝地下起了春雨。

雨不大，但細密連綿，路燈下的街，都亮晶晶地。

他們租的巴士一路順便送人，女生們的男友或先生，都表現得很盡職，有開著車等在街邊的，有高擎著雨傘跑過來的，那些被等的女生總是不急著走，必要回頭一笑，高調地和大家道別，這才肯讓車門款款關閉。

井丹該是累了吧，她有些沉默。

到了她家的巷口，車開不進去，她禮貌地說停這兒就好了。

巷口裡搖曳著一盞夜燈，雨幕裡，那薄薄的光芒，巷子好似分外幽深了。

她用手袋虛虛地遮了頭，腳步細碎地跑了起來，泥地的髒點濺了她的米色長褲，她跑進巷子，融進暗裡看不清，好像那巷子吞了她。

倉惶地沒有說再見。

車開動的時候他還在仰著脖子看，卻聽到後座的女生壓低的話語。

「她先生也不來接她一下，真是。」

「你不知道嗎，她先生三年前就抓起來了！」

「啊？」

「瀆職罪吧好像是，還養情人呢聽說，出了事倒先把他賣了。」

「想不到，哪裡看得出？」

他脊背直直地靠在椅背上，一動也不敢動，後面的聲音卻不再說下去了。

雨繼續下，車窗一片濕濕的霧氣，他抬起手指，擦出一小塊視線，愣愣地卻不知道自己看到了什麼。

然後就過了半個月。

按響了門鈴，齊召南才覺得自己很冒險。

他提著點心盒子，盒子裡裝著六隻榴槤牛油酥，這是他的新作，但是這也同樣冒險不是嗎，榴槤是那樣極端的水果，嗜者如生命，不愛吃的百步之外都要窒息

然而井丹很快地開了門。

她在家裡很隨意，一條開著黃色百合的百褶裙，外面罩件薄線衫。

她的眼裡最先是驚喜，兩點很亮的驚喜，但隨即很好地把持住，還是如常那樣地笑著，「你來得正好，我正想著你的點心呢。」

他舉舉點心盒子，還是有點躊躇，「我不知道妳吃不吃榴槤——」

「當然啦，我最愛吃榴槤！」她高興地叫起來，抱過點心盒，饞嘴貓似的，急不可待地拆。

氣氛一下子輕鬆下來，

她吃成那副喜滋滋的樣子，就是對他最大的獎賞了。

屋子裡有些音樂，他聽不懂的英文歌，那把嗓子卻實在讓人舒服得很，舒服得像一隻暖和的手，輕輕地撫過痠痛的肩背。

他拿過一隻淡茶色格子花紋的靠枕，抵在背後，軟軟地靠上去。

井丹還在大快朵頤，有時飄過來一句話。

他聽著，偶爾看她一會兒，偶爾半閉雙眼，泡在這溫馨的空氣裡。

是的，這樣的空氣裡，他多麼甘願，天天都幸福地給她做點心，天天都看她幸福地吃下去。

5

他的點心味道越來越好了，她由衷地喜歡，人生諸多煩惱，但是美味的品嚐予她單純的快樂，儘管只是那麼一會兒，她享受這實在的快感。

他靠在沙發上，兩隻手臂自在地枕著頭，像是睡著了，又像是在聽歌。

一間屋子，有女人悠然而又忙碌的步子，還要有一個安然靠在沙發上的男人，那才叫家。

不知為什麼就是他那副無意的神態，竟令她突然有些潸然淚下的感覺，一口點心噎在喉嚨裡，壓抑著慢慢地吞下。

他是個好男人，他有好男人的手，好男人的手，勤勞、靈巧、細緻，可以為他的愛人做出千百種好吃的點心，而那手亦可以果決、有力、安全，如那日他奔過來毫不猶豫地把她抱起。

然而她的生活是個半局——

她收回視線，用陌生人的眼光打量自己的屋子，電視櫃上擠滿了各色的食品袋子、小孩玩具和厚厚的帳單，先生和她共用的就是那些負債，金魚缸卻空空蕩蕩只剩下一塊卵石，牆上的掛曆還停留在三年前的某月，而窗簾，窗簾，那是三年沒有洗過的窗簾，鮮杏子的原色早已變成了暗灰。

她一直無閒、無力亦無心拾掇屋子，拾掇她半局般的生活。

而他的生活，何嘗不是半定的局，走到這步，可以預見下面的路線。重頭來，可惜沒法年輕十歲。

所以他什麼也不問，他心裡當然懂得。

那麼她也就什麼都不說，說了又如何呢？

音樂不知何時停了，他從半夢裡醒來，聽見她驚叫了一聲，「天啊，我全吃光了，忘了給囡囡留！」

他呵呵地笑出聲來，「怕啥，我明天再做來啊。」
次日他果然又顛顛兒地送來一盒榴槤牛油酥，另外還多做了四隻蝦仁粉果。
井丹道：「你點心的花樣兒到底有多少啊，每次都不同。」
齊召南有些得意，「那可數不清。」
「每次這麼費心思，會不會太累？」話出口，她就後悔這裡面的體貼。
他看她一眼，轉了視線，「哪裡累，只是不知道還能有多少次。」
常常到這裡就斷了線，下一步很近，又似乎山長水遠。
不能一起走，就總得在某個路口放手。
然而她分明又捨不得，總想著下次門鈴響的時候裝作不在家，或者乾脆對他說不要來了，可是她做不到。
他給她這麼可口的點心，養刁了嘴，今後那些乏味的，她還嚥得下嗎？
如果沒嘗過甜，苦不過是平常的苦，而一點點短暫的甜有什麼用呢，只會讓苦的更苦了。
可她這時甘願了。

6

簽證下來了，他一拖再拖。

美國開餐館的表妹打了幾次電話，又是哄又是罵的，讓他趕快過來。

他想理由都想竭了，給表妹的，給自己的。

他總道下個星期再說吧，這個星期他想到了幾種江南的小點，井丹一定喜歡。

而下個星期，他又想到家鄉的土點，井丹聽都沒聽過的。

他恨不能在這有數的日子裡，傾盡所有的招數，這是他的好日子，甜的寄託，暖的牽掛，讓人忘返。

這天他蒸了一籠香茜百合餃，高高興興地來。

他們說了一會子話，電話響了，井丹接，聲音帶著些小心地逢迎，她抱著話筒，轉進臥室，輕輕關上了門。

好一會兒，她出來，隨即展了個笑臉，「我猜不出今天你帶來什麼？」

齊召南道，「今天七月七，我們家鄉要吃這個。」

他掀開蒸籠，裡面有六隻包成龍船樣的餃子，「香茜百合肉餡兒。」

「真漂亮。」井丹讚，卻沒動。

「關於這餃子，還有說法。」他津津樂道，「人們慶賀牛郎織女相會，借百合祝願他們永不分開 。」

「哦。」井丹應著，有點分心，

「現在的女孩刁鑽，七夕請男生們吃香茜百合餃。」他低了頭，手指擺弄著小籠蓋子，「吃到硬幣的那個，就表示人家，喜歡他。」

「你簽證下來了嗎？」井丹突然問。

齊召南有點愕然，不大流利地應著，「嗯，嗯，快了吧。」

「你去了美國，吃你的點心就難了。」井丹笑了笑。

他還是不大明白她的語氣。

「不過我們會去你的美國餐館吃，再過五年，我先生出來了，我們一家都去。」她極力顯得輕鬆地說。

他沒說話。

「算快了，已經減了兩年的，我答應等他，他在裡面表現得還好。」她喃喃自語地。

他一直看她。

「過幾天我去看他，他一定會說我胖了，我只好說，在世界上最美味的點心面前，哪裡還忍得住嘴。」井丹俏皮地笑笑。

這時他低下頭，把籠屜的蓋子合上，「這餃子趁熱吃好，妳等等，我去熱熱。」

她坐著沒動，聽他走進廚房，啪嗒一聲，他輕輕叫了一下。

「怎麼了？」她跟進去。

「不小心，蒸籠掉地上了。」他抱歉地收拾著打髒的餃子，「都髒了，不能吃了，下次我再做。」

他把餃子倒進垃圾桶，洗了洗手，忽然想起還要件重要的事，就匆匆走了。

她待他走了好久，才走進廚房，那六隻餃子委棄在垃圾桶裡，白皮上一點髒，好生無辜的樣子。

她想了想，拈起一隻，輕輕掰開，裡面赫然是，一枚明晃晃的硬幣。

她放下這只，依次拈起剩下的，依次掰開，是的，每一隻餃子的心，都是一枚硬幣，鋥鋥亮地。

她無力站起，手裡握著一把硬幣，頭抵著牆哭了。

這硬幣不是她的，連這牆都不是。

剛剛那個電話，法院告訴她查封的最後期限。

7

最後一次，齊召南帶來蓮米湯圓。

紅色的保溫瓶，非常古老家常那種，看起來讓人確信它是暖乎乎的。

「這次我陪妳吃。」他盛了碗給自己。

兩個人坐在玻璃餐桌前，面對面，突然想到，他們還沒有一起吃過，一頓真正的飯。

他總是喜歡看她吃，現在也是，調羹裡一丸糯白的湯圓，轉了半天，還沒吃。

「又說你陪我吃。」她不忍失笑。

「呵呵，自己的東西太好吃，有點捨不得吃唄。」他有點驕傲地。

井丹大叫受不了。

他這才一口吞下那湯圓，卻不知湯圓心兒還是燙的，又不好意思吐出來，只好鼓著眼睛囫圇咽了。

笑得井丹直拍桌子。

屋子裡放著讓人舒服的歌曲。

吃著吃著齊召南停下問，「這首歌是誰唱的，也聽了這麼多遍，就是聽不懂。」

井丹答「SHANIA TWAIN的〈YOU'VE GOT A WAY〉，你應該懂得翻譯的。」

「你走你的路是嗎？」他憨憨地脫口而出。

又逗得井丹大樂。

吃完了湯圓，井丹去洗保溫瓶。

他找到自己的老位置，拿過靠枕墊在背後，雙手枕著頭，舒舒服服地靠上去。

那首歌微風一樣，在屋子裡回轉，時而遠，時而近。

那唱歌的女人，有著這樣溫暖的聲音，讓人想安然睡去。

世界只有這麼大就好了，就這幾坪大，歌聲和點心香氣都讓人愜意，他在這兒偷懶，她在那兒洗碗。

以外的所有人所有事都不是他們的事多好。

也不管以前，也不管以後，只要眼前、這刻、當下、現在，該多好。

他聞到細細的茶香，然後聽到她的腳步，一盞熱茶端到身畔。
她忙她的，他睡他的，如平常，也許他們真的以為，仍有下次，再下次。
只是他知道，他的飛機將在二十小時後起飛。
她也清楚，法院的人明天上午將帶來封條。
只是誰都不說，他們彼此不知曉，卻分明互相懂得。
歌聲連綿，時間如迂緩的河流，他更深地陷在沙發裡，真享福。
多想真有那個造物主，他的手中拿著一部ＤＶ，剛好攝錄到他們這段。
真想求他，懇請您，按一下——
暫停。

落山風

1

其實一開始大家都看出點什麼了。

那是大一的軍訓，九月，烈日，塵土，風卻靜止著。他們的魔鬼教官，酷愛整人，他總在十一點半，即將解散吃飯，這最熱最餓最哀苦的時候，挑出行列裡步形最差的兩人，一個男，一個女。

他罰他們操步，不殘酷不足以痛改前非。

有圓滑的男生，或者甜蜜的女生，每當這時就央求地笑著說些軟話，這是可以妥協的氣氛，解散的人流吵吵嚷嚷地，魔鬼教官的戰友經過時親暱地給他一拳。看起來他心情不會太差，只要話說得沒骨氣，又悅耳地讓人舒服，他就樂於開恩，揮一揮手讓他們滾。

只有兩個人例外。

他和她從不討饒，走就走，不喊停，就走下去。人幾乎散了，只剩這兩人，一直地走，往前走，空氣在暴曬中薄薄地飄起一層蒸汽，他們走遠了，就好像踏在水裡，不很真實的樣子。

有人突然發現他們的相像，他們的步子有些內彎，他們的手臂甩得太窄，他們的眼神都默默地，認命，但驕傲。

無論怎麼罰，罰多少，都不改。

直到教官也沒了辦法，疲憊地揮揮手，笑罵一句，「媽的，真是一對兒！」

他倆已經累得沒力氣高興了，一前一後的兩個背影，都有點跌跌撞撞，她捋下帽子，甩一甩，一頭的黑髮落下來，他回頭看了一眼。

她是小卓，他是阿毅。

然後是那節課，經濟學基礎的老師點評第一次作業，說到有人代做論文，才入學就這麼大的膽子，這麼的不上進，老師很生氣。

就點到他倆的名字。

大家一齊看他們，兩張驚愕的臉，一模一樣的表情，都不承認，一個勁兒地搖頭，不可能，不可能。

老師拿出證據，兩份作業舉起來，前面的同學欠起身子看，都叫了，那的確是一個人的筆跡。

看他們還有什麼話說。

小卓先出來，緊接著是阿毅，一個左，一個右，拾了粉筆就在黑板上寫字，粉筆刷刷地，粉屑裡歷歷的黑底白字，天，那的確是一個人寫出來的字，所有的橫都稍稍向右下角傾斜，所有的彎鉤都稜角鋒利，字與字之間總有牽拉顧盼，連標點，都是輕巧靈動的一個頓號。

全體啞然，他倆互相瞅瞅，阿毅還氣著，小卓卻輕輕地笑了。

直到那時，他們還沒真正說過一句話。

但是當晚，據說在男生宿舍頂樓，那班男生喝酒，阿毅突然摔了啤酒瓶。在炸響後的瞬間寂靜裡，他說，「我要追小卓，她是我的。」

2

他們的開始源於一部電影，那個飄忽的名字，「落山風」。

那時的天氣是初秋，起風的日子，滿地都是樹葉。

是四個男生約六個女生，一行人步行去附近的農學院，那裡有個精緻的小禮堂，常常放些冷門卻雋永的文藝片。

他倆混在這些人裡，渾然無恙地以為能把心事也混了去。站在路邊等綠燈時，他正好擋在前面，小卓突然嚇了一跳，竟沒人發現他倆今晚碰巧得出奇，一樣的咖啡色T恤，一樣的黑色直筒褲，一樣的白色帆布鞋。她的心突突蹦著，故意落在後面，連眼睛都恨不得藏得低低，低得只看見他的白色鞋子，大步大步地，踏過酒紅色的落葉，泛青的馬路邊，工地胡亂散攤的黃沙，然後停下，哦，不知怎麼就到了。

到了才知沒電，賣票的卻說，等一會兒就有。

大家就坐在台階上說笑聊天，夜色裡，看不清誰的臉，小卓坐不安定，前後找了一遍，轉過頭時，卻見他不知何時已挪近了，側一側臉，很短的動作，不知是不是看她，但她的頰深深地燒起來。

很多個一會兒過去了，電還是沒來，幾個人吵嚷著要去逛街，一個男生說新華路有小吃街，一個女生馬上反駁說最好的小吃應該在K物街，他們一邊爭論著一邊離開，好像存心忘了他倆似的，連招呼都沒有一句。

呼啦一下白色台階空閒了，從樹梢過來的風，把地吹得很乾淨，就剩他跟她。

「聽說是部好電影。」阿毅的第一句話。

「嗯，名字很美，那該是種悠揚的風，飄然下山的樣子。」小卓輕輕地。

「可惜沒電。」

「或者，再等等？」

夜如水般涼，天上的月牙兒，像一瓣兒削得透薄的雪梨，晶晶瑩的。

話把心壓疼了，唇邊卻是沒聲息的字，他倆無言地等下去，又清靜，又熱鬧。

到底沒看上那場電影，他們回去的時候，街上已經寥落了，路長長地，步子踩出一樣悠長的行板，好像全世界空空地，只餘一點月光，和他兩人。

女生宿舍正在鎖門，小卓連忙跑進去，這才想到道別，轉過身，隔著鋼鐵欄杆，好像隔了世似的，悲切突然奇怪地湧起，卻見阿毅跑上來，伸長手臂拉緊她的手，說，「一晚上我都想該怎樣拉妳的手，現在什麼也顧不上了。」

小卓想笑，眼淚卻先掉了下來。

她的手被他握著，擦不了眼睛，淚就這樣涼在了臉上，閃閃地。

多年之後才覺得，這開始，多少有點不吉祥。

3

那時候他倆的愛情，是作為經典和範本出現的。所有的人都確認，他這一半，和她那一半，本是前朝荒野裡失散的一個，他們相愛，本是認領，本是團圓，天經地義，理直氣壯。就連管秩序的老師，見他倆拉著手迎面走來，自己也先避開去，不忍用原則撞破那樣好的一對璧人兒。

他們是那麼相似，相似到彼此的家庭，也是單親。阿毅的母親在他五歲時拋棄了他和父親，小卓的父親離開她娘倆的時候，她剛剛讀幼稚園的大班。

唯一的不同，是天分，阿毅專業成績極出色，才升大二，就有教授欣賞他，鼓勵他爭取直升本校的研究生，小卓差些，不是不聰明，是不用心，她不喜歡數學，財務會計課筆記本上全是漫畫，俏皮又靈氣。阿毅寵她，補習的時候總狠不下心，每當他非常嚴肅正經地給她演算示範，小卓就定定地看他，那眼神有點怕，卻又不知不覺癡迷起來，什麼也沒聽進去，總是這樣，他只能嘆著氣合上書，捏一下她的鼻子了事。

事情發生在六月的那次全國等級考試。

那是一次重要的考試，成績在八十五分以上的同學，將獲取直接保送研究生的資格，阿毅不擔心，他閉著眼睛都能考過，擔心的是小卓，她本沒有讀研究所的雄心，但是，她想和他在一起。

考試前的那個月，她算刻苦的，只是，一點信心也沒有，尤其是許多許多公式，總進不了腦子，看久了，竟然看得像一火車的動畫。

她把那張小紙疊成指甲那麼大，藏在眼鏡盒裡，她不是成心作弊，她只是壯膽。

考試開始了，阿毅就坐在她左邊，隔一條走道，抬頭瞧瞧，四個監考老師密佈著天羅地網，她心慌得很。

題目的資料好像翻臉不認的熟人，公式，公式，她頭疼，摸紙條的手勢太不老到，還沒來得及打開，先被自己碰掉了，就掉在，明晃晃的通道上，隨即，她看到監考老師的鞋尖。

完了。

誰的？老師撿起來，打開，冷冷地問。

她垂下頭，把卷子合上，準備收試卷。卻聽到阿毅說，「是我，是我傳紙條，你看，是我的字。」

小卓的聲音急切響起，「不對，那紙條是我的。」

「妳還說什麼，都怪妳，給妳紙條妳不要，還往地上扔！」阿毅生了氣似的，把卷子往桌上一摔，監考老師很快把他帶走了。

她呆在那裡，半天醒不過神。

他們的學校素以嚴苛聞名，考試作弊一次的代價並不輕。

他們呆呆地站在教室的陽台上。

阿毅轉過身，止住小卓的自責。

她虧欠他這麼多，他卻只嘆口氣，「妳不知道嗎，妳要不好，我一個人好有什麼意思。」

小卓掉下恨悔的淚，「我擔心你怎麼和你爸說。」

阿毅沉默了，許久，他虛弱地說，「我難受，妳抱我一下吧。」

她很緊很緊地抱他，用盡全身的力氣還是覺得不夠，心裡又是痛又是罪，她想從此為他命都可以不要了，可以不要，只要為他。

4

只不過，誓是不能隨便賭的，好像是來驗證小卓的真心，才有了耶誕夜的那場血光。

事情久了，已經忘了具體的情形，大概是耶誕晚會散了，他倆出來消夜，那晚人很多，學校門前的幾間大排擋都滿人了，就手拉手一路找下去，不知怎麼轉到那條街，有點偏，但人也不少，然後他們就要了砂鍋粥，粥還沒上來，打架的人就來了。

他倆很無辜，還沒弄清什麼事，就有人抓著西瓜刀砍過來了，阿毅呆子氣，還在那兒嚷「搞錯了，搞錯了！」小卓卻看見那細長刀鋒上的光，白慘慘地向他頭上去了，什麼也來不及想，狠撲出來一擋，那刀落在她肩上。

當時還是沒感覺疼，只感覺鈍鈍地一下，阿毅拽著她沒命地跑，跑得沒了氣，才停下，看看她紙一樣白的臉，阿毅驚叫起來，小卓嚇得趕緊自己摸摸，肩上黏黏的一片血，一路滴下來，後背已經濕了，還記得那天穿著件淺紫色的燈芯絨外套，後來脫下來洗的時候，有一邊已經被血浸成深紫。

她登時感到一陣頭暈，心裡又怕又淒酸，以為自己活不長了，靠在阿毅懷裡哭著說，「我死了，你要照顧一下我媽。」

那刻，除了擔心媽媽，她真的一點也不後悔。

不後悔裡還隱隱有著一些快樂，她這樣愛他，以這樣的極致。

所幸刀口並不深，小卓恢復得很好。

小卓恢復得很好，和阿毅的努力有關。

那年在東區十一棟住過的女生，都不會忘記那一幕場景，阿毅午晚飯前抱著那個淡綠色的保溫盒，站在門口等小卓宿舍的女生，等她們為他送到小卓床邊。

他站的地方是個風口，冬天的風總是把他的頭髮吹得很亂，也許是出來的急，他不是忘了帶帽子，就是忘了穿大衣，但那只保溫盒，卻捧著心似地護在胸口，那副樣子初看上去是有點可笑的，那麼牛高馬大的一個男生，寒風裡抱著的不是大束玫瑰，卻是個那麼家庭主婦氣的保溫盒，站得又傻又可憐。

可他分明是渾然地忘了自己，他的眼睛只盯著六樓的那個陽台，那陽台沒什麼特別，曬滿了女生們花花綠綠的衣服，他卻只有透過這些衣服，這樓，這牆，凝望他最親愛的小卓。

淡綠色的保溫盒裡，熱著的是精心熬製的湯，有當歸老雞，有魚膠排骨，間或有幾樣炒菜，都是他自己弄的。

他從前是不下廚房的，父親疼他，一心培養他遠庖廚的大男人主義，可現在，他借了老師家的廚房，從菜市場開始到油鹽醬醋，他卯了心思一樣樣學，一樣樣幹，一個男人樂意為妳做飯，大家都不知道，還有比這更實在溫暖的表達嗎？

再後來，小卓能下來了，他就看著她吃，不說話，只是不時地幫她整整額前散下的髮，那麼溫柔的手勢。

那真是永恆的一幕，東區十一棟的女生們都以為，並祈望，那就是永遠。

5

他倆何嘗不這樣以為呢？年少時的永遠，好像是件不吃力的事情。

轉眼就大四了，他們商量到眼下和將來。有一百樣計畫，說的時候興高采烈，跟去春遊似的，腦子冷下來，算來算去，誰都放不下苦守在家裡的，那位單親。

小卓是母親的世界，阿毅是父親的天。

小卓記得那個春天的傍晚，街上飄著粉霰似的楊花，母親去幼稚園接她，拉著她的小手，一路不說話，街口有賣捏面人的擔子，小卓甩開母親的手跑去看，母親狠狠地追上來抓住她，她抓得好緊，手腕都都被抓疼了，小卓想哭，卻看見蹲下來的母親那雙已經紅腫的眼睛，她記得，母親看住她，衰弱地哀求，「小卓，爸爸走了，妳可不能再離開媽媽啊。」

阿毅關於母親的記憶就顯得模糊了，從記事起，父親從不提她，好像本來就沒有這個人。只是父親很沉默，他笑得那樣少，只有九歲那年，在一個漂亮阿姨面前，才整個人明亮了一下。只明亮了一下，據說那個阿姨不願意給人當後娘，父親不肯放棄兒子，事情就沒了下文，這以後，父親的笑更少了，除了阿毅考上大學的時候，他把通知書足足研究了一個小時，忽然想起忘了做飯，站起來拍拍腦袋，不好意思卻十分快樂地笑了。

他倆突然都很想念彼此的父母親，帶著一點愧怍，相愛是這樣占據身心的事啊，他們有多久沒想念過父母了，那寂寞安靜地等在家裡，依靠每月一、兩分鐘的電話聊以為生的，悄悄老去的無怨言的癡心父母。

心思就有點亂了，小卓想著這次回去該用家教的錢，給母親買一件真絲襯衣，母親是有點愛虛榮的，每回給她買了好東西，她總要在街坊前後顯擺，小卓曾暗下決心要讓她常有這樣的快樂，她知道，在沒有什麼可以顯擺的日子裡，母親曾隱忍了多少年的委屈和謙卑。

阿毅想的卻是父親的胃，他的老胃病是捱壞的，什麼都捨不得吃，總是怕阿毅吃不夠，好吃的有營養的一味地留給孩子。上次回家，冰箱裡竟然還留著一塊八月十五的蝦仁兒月餅，上司慰問發的，父親想著阿毅也沒吃過，就一直留著，留到長了黴，誰也不能吃了。那天站在父親面前，自己已經足足大他一個身量了，看他低著身子，那樣惋惜地擦著餅上的黴，阿毅拚命忍住了淚。

所以，畢業時各自回到父母身邊，這感覺，他倆互相是懂得的。

深深約定，畢業一年就結婚，卻沒說定，誰到誰那兒去，這是個難題，只好先跳過再說。

6

這一年的相思苦得很。

他們的城市不算遠，不過四百多公里，只是不能直達，兜兜轉轉地換車，一段拉得這樣曲折的思念。

小卓常加班，週末總是阿毅過來，他要週五晚上八點從C城坐車到A城，那裡有一個小站，開往小卓方向的火車凌晨兩點會在那裡稍停，當然很難準時，多數會晚點，遇上雨天也許還會忘了停。擠上火車通常是沒位子的，阿毅下次就學聰明了，在旅行包裡放一隻小折疊椅，累了就隨處打開坐下。到了B城站下車，通常是中午了，買個飯盒，小跑著到汽車站趕班車，上車才吃飯，這時才能吃的很安心，再坐兩個小時的車，就能看到金紅色的鳳凰樹，樹下等著的小卓。

想見難，離別也不容易，見面的時間攢起來也不過八個小時，週日一大早，阿毅就得往回趕，小卓送他，話突然多得說不盡，送著送著也跟上了班車，到了B城，阿毅好歹勸住她，不然她還真的會送下去。

有一回，是颱風吧，下很大的雨，小卓說好不讓他來，到了往常的時候，阿毅忍不住又上了車，但是走了一半，前方的公路浸了水，車都停發了，他就坐在那張小折疊椅上，看著黃莽莽的水發呆，看得天色暗了，才肯回家。

最難的一次是他闌尾炎，小卓心急火燎，又不敢常常打電話去他家，一顆心懸了幾日，等他好了，聽見他那頭病弱嘶啞的聲音，她衝出喉嚨的第一句就是，不行了，這樣下去受不了，我要調到你身邊，一分鐘也等不得！

剛好阿毅叔叔的單位要人，阿毅求爸爸託了人情，先留了個職位。

這一切，小卓都不敢跟母親說起。

她一直想找個合適的機會，但是所有的機會似乎都不合適，母親不會讓她離開，五歲那年就拉過手指的，母親一直對此深信不疑。

她也知道女兒似乎有個感情很好的男友，在外地，從那些個長的密的電話，還有每個慌慌張張的週末，母親該知道的。

可她就是不問，不問也是一種態度，那態度當然不是贊許。她還放出話去，三姑六姨地請人家做媒，條件不高，有房子，有工作，人老實，最重要一點，要近。

小卓不能再拖了。

那天陽光不錯，母親贏了牌，心情也不錯，娘倆兒把洗淨的床單合力抖開，曬在院子的竹竿上，在淡淡的芳香裡，好像談什麼都不會過分。

小卓說了，輕描淡寫，卻說得很快，不然她有限的勇氣就難以為繼了。

母親沒聽見似的面無表情，手指一遍遍地拉平床單上的褶子。

小卓只好又說了一遍，這次，她支吾得厲害。

「小卓，妳說妳要到C城去結婚，那媽媽呢？」母親瞇起眼睛看她。

「我會經常回來，每週回來一次。」

「不可能，你們姓卓的都是騙子！」母親突然激烈起來，「妳爸當年說永遠不離開我，但是他離開了，妳五歲的時候和我拉過手指說不離開我，但是現在妳還不是要走！」

小卓低下頭，她最不忍看母親這個表情。

「長大了小卓，對不對，看這事兒辦的，那邊工作都找好了，就差打發媽了是吧。」母親悲涼地笑了，了無遮攔的陽光，照見她臉上所有的皺紋。

7

小卓曾百思不解過，母親當年是怎樣的心態，那一天，她要邀上那些嘴碎世故的親戚鄰居，他們搖著扇子坐在院子兩邊，像兩列吵嚷的陣營。

阿毅和父親是下午到的，白花花的陽光裡，走來風塵僕僕的兩個人。

母親妥協的條件是，讓那小子和他老子，親自帶著聘禮來。

那是小卓第一次看到阿毅的父親，他比阿毅瘦小，拿的東西卻一點也不比阿毅少，他確乎是個少笑的人，因此在小卓母親面前堆起的笑容，因為太殷切太用力而顯得滑稽起來。

母親的倨傲也有點滑稽，小卓知道她是裝的，許久之後才能慢慢體會，也許母親以為一開始幫女兒把台階抬高，嫁到人家的地方才不會被別人看低，不受人欺負，那是她坊間小市民的社會學。

母親啊，她開始的那樣錯誤。

阿毅的父親局促地找著話，母親的眼睛卻滿天飄著，只讓一個嬸嬸應酬。刻意造成的冷淡，照母親的戰略，是先殺殺對方的威風，爺倆兒本來就沒帶著威風來，又饑餓勞累地奔波了大半日，早已是萎靡不堪。

小卓幾次小聲地提醒開飯吧，有一桌豐盛的酒菜擺在裡屋，大圓桌子還是新買的，母親其實是個嘴硬心軟的人。

可這時她不理會小卓的哀求，卻把阿毅父子的禮物拎起來掂掂分量，轉頭向親戚鄰居們道，「咱們看看，辛辛苦苦養大個閨女，能值多少東西。」她說著，就把禮物一樣樣地在院子裡的水泥地攤開，有些打了包裝的，她也非常耐心地一點點撕開。親戚鄰居們的腦袋湊近來，指指點點。

小卓慚愧地看看阿毅他們，阿毅父親窘迫地搓著手，而阿毅，他的臉冷得像一層冰。

「我說句不厚道的話，你們不是海濱城市嗎，就湊不成一副像樣的魚翅嗎？要不幾斤鮑肚、鮑魚也算了，拿些蝦米、瑤柱、蠔豉來哄咱們沒見過不是？我們小卓也是手心裡捧大的，你們別以為弄點便宜的就到了手！」母親刻薄地數落著，手裡拈起一隻蠔豉，扁著嘴給嬸嬸看，「這麼小也拿得出手，上次我在錦江酒店吃飯，人家的蠔豉比這大兩倍！」

沒人能阻止她說下去，她的場子拉得這麼大，入戲入得過了火，她要等這父子自卑得無地自容，開口求饒，然後她便開恩大赦天下，讓他們感激涕零謝主隆恩。

不會有這齣了。

阿毅父親那個讓他受罪的笑已經僵了許久，他看著兒子，那種無力又自嘲的眼神，像小時候他買不起兒子喜歡的玩具，抱愧、自責，卻又不肯折了最後的尊嚴。

「兒子，恐怕咱們高攀不起了——」

阿毅非常決然地拉著父親說，「咱們走！」連小卓也不看一眼。

他們真就走了，連道別也不說，趕路似地匆匆，小卓想也不想就追出去，卻聽到母親在後面喊，「小卓，妳要跟他們去，我馬上就在這兒撞死！」

小卓回頭看見母親站起來，眼睛血紅血紅，她的聲音尖厲得可怕，小卓知道，她會那樣做的，她的場子拉得太大，面子掉了一地，她總得撿起一塊，越不幸的女人越輸不起面子，那是她唯一可以示人的資本。

這麼多年來，母親是可憐的，不是嗎？

她感覺到自己的腦子要裂成兩邊，一邊還緊緊追隨著阿毅，一邊卻血肉淋漓地掙扎在原地，硬生生地，疼。

小卓慢慢地站住了。

8

小卓病了差不多半個月。

病起得急，許是急恨攻心，偏強作壓抑，著了涼，又撞了火，先是感冒，咳嗽，爬不起來，接著又發燒，急性肺炎，在醫院裡住了十多天，整個人像枝蔫掉的花。

母親一不在身邊，她就掙扎著打電話給阿毅，阿毅的電話總是打不通，或者就是關機，再後來就是號碼過期。她從來沒有過這麼慌，這麼怕，曾經兩人間的那種感應，一點信號也搜索不到了。

卻原來，不管多親密的人，一下子渺如天涯也是可以的，只要他突然沒了消息，另一頭就是無邊無際的消散，你憑什麼認證、尋找、相許？

每日的昏昏然裡，小卓能做的事情只有胡思亂想。

她確定阿毅是生氣了，他氣著，不接她的電話，不給她機會解釋，他狠狠地恨她，這都可以。

只要他是好著的，他沒病沒災，安然無恙好好地就行。可是她突然間怕了，會不會他有什麼事，他出了什麼事，那麼遠，沒人來得及通知她？他上班的那條路，人行道沒有紅燈，車開得那麼快，他常加班，下班回來經過那條小巷子，是三不管地帶，他脾氣耿直，有許多看不慣，喝了酒會不會和人動手？

一切都難以預料地危機四伏。

她神經質起來，病病歪歪地撐到醫生值班室翻報紙的社會新聞，不管人家嫌她討厭，厚著臉皮提著心肝，一張張地細細地查，直到頭暈了噁心，被護士抓回去吊點滴。

不吉的念頭越來越強，她控制不了，急怕得想哭，又覺得哭不吉利馬上擦乾眼淚，她木然地躺在床上，看著點滴瓶裡一滴一滴的針水，她默默地數，單數凶，雙數吉，她在自己設置的占卜裡膽戰心驚。

多少次她這樣秘密地向上天祈禱，只要他平安健康，她寧願自己擔上所有的災禍，甚至搭上這段感情，她什麼都捨得好不好，只要確定他是好好地，她蒙上被子，眼淚流了一夜。

小卓剛出院，母親又突然患了面癱，她的日子緊張得喘不過氣，每天帶著母親針灸、檢查，買菜、熬藥，很累，又想到母親也是這麼累過來的，看著母親在病中顯出那無望的老態，心裡戚戚然地就諒解了許多。

然而，什麼也無濟於她洶湧的思念，這一個月來，她的分秒是一粒粒掰來過的，她的心每晚都來回地煎熬炒煮燉，八月的一天早晨，連夜的大雨不停，天色暗沉沉地，她實在捱不下去了。

母親睡著，她悄悄煮好了早餐，背叛需要狠心，她狠心地不去看母親。她在背包裡放了衣服，一大瓶送給阿毅父親補胃的春砂仁蜜，還有戶口本，早些日子偷出來的戶口本，這時候她想也許先去把婚結了，以後的到時候再說吧。雨相當大，但她衝出去的時候，一點也沒猶豫。

9

如果是因為好事而要忍受的多磨，那也就認了。

到了Ａ城，卻告知通往Ｃ城的鐵路浸水，火車都停開了。她不死心，冒著大雨出去攔計程車，沒有一輛計程車願意走那條路，雨下的那麼大，估計公路也斷了，傍晚的時候才攔到一輛小貨車，出了高價，卻一路走一路修，大約到了離Ｃ城三十多公里的地方，沒路了，前方是洋洋的一片大水，夜是黑的，水卻是白亮的，就那麼浩大地橫在面前。

小貨車司機勸她回去，水退了再來。

她問，水要多久才退。

小貨車司機說，就兩三天吧。

可她一分鐘都等不下去了。

小貨車司機開玩笑，鐵路位置高，水退得快，明天早上應該能見到路，妳要急就走著去。

那我就走著去，她不假思索地說，人家一定以為她瘋了，她是瘋了。

那天晚上她就坐在鐵路邊上等水退，大水漫在前方，看上去很平靜，無邊無際的平靜，雨停風歇，天上是急匆匆的流雲，流雲比她快，她羨慕它們的快。

她一點也不累，耳邊是一些蟲鳴和蛙聲，她的心在說，阿毅，我已經離你很近了。

後半夜露水重，有點冷，茫茫夜色中自己孤零地像只鬼，她感到有些悲苦，隨即又想，如果這些都是必須的過程，也沒什麼。

天快亮的時候，水慢慢地退出一條窄路，黑色的兩條鐵軌清晰起來，泡在枕木上的水也淺了，小卓搖搖晃晃地站起來，往前走。

她往前，像走在水裡，水色很黃，上面漂著斷木殘枝，有幾回她眼前有點暈，以為自己也和它們一樣在順流漂著。

她是有點暈，一天一夜都沒吃過什麼東西。

她走進他家院子裡的時候，已經是下午五點了，天還是有點陰，但薄西的日頭，斜斜地在院子裡插進幾線金色的陽光。

她很疲憊很疲憊，卻仍然提著那口氣放輕了步子，他房間的小窗戶開著，遠遠看見書疊得高高地，這樣安閒平常的情景，她的心一鬆一熱，眼眶又緊起來。

她看見他在寫字，是，阿毅，你好好地在那兒寫字，真好。

她慢慢地走上台階，放下沉甸甸的背包，雙肘伏在窗台上，臉上微笑著，好像準備用很好的耐心和脾氣去哄一個孩子。

「寫什麼呢？這麼認真。」

阿毅迅速地抬起頭看她一眼，她馬上感到不對，那眼裡沒有驚喜，甚至沒有驚奇，他好像知道她會來，但是已經等得太久太久，等得灰心了。

他用那種很平淡的語氣說，「趕在明天要把這些請帖發出去，只好快點寫。」

他的筆下是大紅的請帖，左邊一疊已經寫好的，裝進同樣大紅的信封，她強壓著突突的心跳，若無其事地笑著，「我看看，什麼喜事啊。」

她隨便挑了一張翻開，上面的字幾乎衝出來給她一拳，「為小兒江永毅、媳朱慶芳新婚之喜敬備薄酌」，她感覺一切都戛然止住了，腦子是慘白的，血停在脈管裡，沒了迴圈的力氣。

眼前那個人，低下頭去，他的手還在寫著。

她看著那手，不認識了嗎，那手曾經怎樣伸過欄杆抓住她的，那手拉著她奔跑、漫步，緊緊地熱熱地誰也分不開地，無數無數次，那手給她擦淚，輕輕地穿過她的肩膀，那手從不允許她頭上有一絲亂髮總是用最溫柔的動作給她理好。而現在呢，她滿面煙塵，她的頭髮蓬散著，她這麼一步步苦苦走來，它不問，它不管，它不認她。

它不認識她了，一切都不算數了。

她反而笑了，「也不請我一請，誰都不請也不能忘了請我，你說是不是，你說是不是。」

他的喉嚨哽住，不敢抬頭，只是寫，寫得又快又亂，他都不知道自己在寫什麼，眼睛迷糊了一片，許久他才能勉強吐出字來：「我爸回來的路上吐了血，我不想讓他再受傷害了。」

沒聲音，他抬起頭，不知小卓什麼時候走了，他追出去，路上已經沒人了，天色暗下來，院門邊，一只裝滿春砂仁蜜的大瓶子，靜靜地。

10

事情過去多年了，他們各自活下去。

有同學去看阿毅，他喝酒太多，人很瘦，同學笑問他和他那認識兩星期就結婚的太太感情還好嗎，他瞇起醉醺醺的眼說，你不會問點別的嗎？

大家不知小卓是怎麼過來的，只知道有一次，她和人逛街，走著走著突然在人群中站住，號啕大哭了一場，搞得很多人停下看。那條街有間金鋪，某年某月某日阿毅曾和她進去試戴過戒指，那時，他們說好了永遠一起。

他們班的同學聚會一直搞不成，少了他倆的誰，心都像缺了一塊，大家都有些傷心，他們分開了，世界也不完整了。

小卓也結了婚，這麼多年她只證明了一件事，嫁給不愛的人也可以生活，丈夫不錯，她卻總是愛不起來，她想是不是因為這輩子的愛情能量已經耗盡了，她沒有力氣愛人了。

有天晚上電影台放舊電影，恰是那部「落山風」，她終於看完那晚的電影，只是不是和他。

她曾以為那風很美，該是種悠揚的風，飄然下山的樣子，錯了，落山風，從阿爾卑斯山的北坡下來，從終年積雪的山頂，穿過埡口，穿過平原，風起時，比強颱風還要猛烈強勁，它不費力氣地摧毀一切。

她突然很想打電話告訴他，錯了。

卻又想，該說是什麼錯了，是那風，還是他們。

這晚的月也是彎彎地，像誰小心剪下的一片指甲，不很透明的白。

卻早已，不是當年的月亮。

擦肩

1

春寒細雨，點滴的濕，點滴的冷。

從中大北門走到南門，也不過半個鐘頭，可是韓煦，她忽然笑了，仰著頭移開傘，細紛紛的雨絲，亮晶晶地沾了她的髮和睫，「十年呵——」

路上極靜，假日，午後，又是雨天。

整片芳草樹蔭，整條紅磚小道，整個飄雨的天地，彷彿都是她的。

她的鞋子已經濕透了，但仍然走得不慌不忙，走得好安心。

背包裡的碩士研究生錄取通知，貼著背，連著心，暖而熨貼。

環境地理資源專業，誰都不懂她好好一個兒科醫師，竟突然間放棄了一切，在家裡閉門苦讀一年，選擇了這個專業。

這世上只有一個人會懂。

只是不知道，她還有沒有機會，讓他去懂。

2

和畢盛的初次見面是在火車上。

那是一九九五年八月二十三日。
從昆明開往廣州的普通列車，沒有空調，沒有水，硬座，兩天兩夜。
至今韓煦還記得那年的票價，七十二塊，因為那張車票，一直都藏著，小心地。
十七歲的韓煦是什麼模樣啊。
眼珠烏亮，睫毛忽閃，黑髮極短，身量極矮小。因為矮小所以拚了命去證明自己的膽識，和人賭獨自敢闖西南，背了個大包頭也不回地就去，去了一個月，口袋裡除了一張車票錢，就夠買兩包壓縮餅乾。
她自己用小剪子，把頭髮剪得零碎短促，使自己看起來像個男孩，私下裡的壯膽和避嫌，就算是吧，她知道自己還算俊俏。
果然，那天畢盛從背後走來，重重地按她的肩膀。
「小兄弟，咱們哥倆兒擠擠算了。」不等她答應，他就坐下來，一下子，他的臉，笑著的英氣勃勃的臉，就到了她的眼前，這麼近。
她的臉一下子紅了，而他的話還沒說完，「那兩個姊姊說，女人要和女人一起坐，男人靠邊去！」
鄰座的兩個女生笑吟吟地看過來，一個道：「畢盛，你也不看清楚，你一起坐的是兄弟啊，還是妹妹啊。」
畢盛大窘，又馬上站起來，紅著臉說對不起。
韓煦從沒見過男人害羞也會這麼好看，當然她的生活圈子男生極少，她讀衛校護理，二年級。

他還是坐在她身邊了。後來她猜，也許是有些不放心的意思吧。

他親切地問過她，「小妹妹，你家大人呢？」

韓煦儘量嚴肅地說，「就我一個大人出來的。」

他的女同學驚訝地說：「呵，你才多大啊，有十四歲嗎？」

這話令韓煦惱火，她氣自己穿著寬大的T恤，全無發育的行跡，她氣自己個子小又被人看小，氣那兩個女生的修長曲線，氣呼呼地大聲說，「我都十八歲了！」——氣得乾脆再添一歲。

「十八歲出門遠行，也頂厲害啊。」畢盛是這麼真誠地讚美。

但是他在她身邊坐下，兩天兩夜的時間，幫她擋住擁擠的人潮，提醒她什麼時候到站，給她看行李打開水，講笑話解悶兒。

韓煦第一次覺得，路上有個人照顧，可真好。

3

車近廣西的時候，天開始熱了。

這趟車沒空調，日頭烤得車廂似火，這時候畢盛就站著扇風，讓韓煦一個人坐得寬敞。

半夜韓煦靠著座背睡了，興許是太累，不知什麼時候，頭偏挨上了他的肩膀，不知睡了多久，不知挨了多久，只知道突然醒來的時候，見他醒坐著，動也不敢動的樣子，襯衫已經濕了大半。

他的兩個女同學熱得難受，就來埋怨畢盛。

「畢盛，要不是你做好事，我們早就坐空調臥鋪，舒舒服服地到廣州了！」

「畢盛，回去我們一定要把你的獎學金吃光才解恨！」

這時候他總是滿頭大汗地笑著，「好好，任吃任宰任罰！」

他們三個是中大的研究生，畢盛讀環境地理資源，那兩個女生讀旅遊地理經濟，結伴去路南縣考察地貌，畢盛帶隊。在一個彝族山寨裡，他把大部分的費用，還包括自己的手錶相機，都留給了那兩個剛剛失去父親的彝族小孩。

他原是個這麼善良的人，原是對每一個都這麼的好，對她也不例外。

可是怎麼這個想法，會令韓煦有點不高興了。

吃飯的時候，畢盛又遞過來一罐八寶粥，還是那句：「來，幫幫我，減輕負擔。」

「我不吃。」韓煦說。

「該餓了。」

「我不餓。」韓煦固執地，「我自己有東西吃。」

「那給點兒我嚐嚐好嗎？」

韓煦只好掏出那包皺巴巴的壓縮餅乾，她兩塊錢在車站買的，灰乎乎硬梆梆的幾塊。

畢盛拿了一塊，咬了一口，一嘴都是乾巴巴的粉末。

「哎，這個好吃，我跟妳換了！」畢盛整包搶過來，像寶似的。

韓煦手裡捧著八寶粥，眼底潮熱卻作不得聲。

抬眼看他滿嘴是粉末鬍子，又忍不住天真地笑起來。

4

忘記那個小站的名字了。

慢車，每個小站都眷顧，人，一站站地蜂擁上來，又一站站地消散。

這麼熱的天，這麼慢的車，好像永遠到不了盡頭，有時又寧願它這麼慢下去。

那個小站，有孩子上來賣粽子，人站著擠著亂著。

懵懂中突然聽得一個女同學喊，「哎呀畢盛你的包——」

大家站起來，那個賣粽子的孩子已經泥鰍似的滑下車了。

「糟了我們的資料全在裡面！」畢盛想追，左突右閃，可人叢疊得密實，過道上擔子麻袋地根本擠不出去。

韓煦望向窗外，賣粽子的孩子在月臺笑。

她生氣了，她一生氣就不知道哪來的力氣，一下子推上車窗，兩手抓住窗沿，騰地就躍出去了。

她敏捷落地，拔腿就追，身後畢盛喊她，喊她，她不管，心裡只有一個念頭，搶回來。

畢盛也想跳下去，可是車窗只能打開這麼多，他個子太大，塞了一半就卡住了，只能探著身子乾急。

這真是個厲害的小姑娘，他在這邊看著急著也激賞著。

她快得像一隻矯健的羚羊，追上對手，揪起衣領，一把扯過包，還不忘踢了人家一腳，全然不顧四周呼喝著圍過來的混混。

火車慢慢地開了。

「快！快回來！」他拚命地喊著，聲音都啞了。

總算來得及抓住她的手臂，半拉半抱地把她弄上車，一把摟在懷裡，什麼聲音都在後面，只聽得登登登的心跳。

她耳根灼灼的熱，他臉上深深的紅。

依約的是他懷裡一浪浪潮暖的氣息，有點迷糊，有點醉。

那感覺至今依然如此真切，就像昨天，就像剛才。

「傻孩子，妳不要命了。」他放開她。

她好像突然害羞了，什麼也不肯說。

兩個人默默地。

就這麼一路看窗外的風景。

看火車在深峻的山嶺中穿行，轟隆轟隆地，單調而安穩地響著。轉彎處，嶺上的一朵白雲，火車長長的車廂，倏地就鑽過去了。

她笑了，回過頭，原來他也在笑，兩個人馬上又不笑了。

5

很多時候，韓煦是裝睡的。

她半瞇縫著眼，看畢盛的側面，心裡直想笑。看他的下巴，是怎樣在這兩天兩夜裡，密密地長了一茬鬍子根兒，看他本來乾淨的臉，又怎樣被這一把汗一把灰地污染。看他犯瞌睡時候頭一點一點的釣魚，還有他高高捲起的袖子，胳膊上結實生動的肌肉。

她更喜歡聽他們說話。

他們說中大的新網球場有多麼寬敞，嶺南學院的新圖書館多麼氣派，報告廳某位教授的講座有多麼精彩，誰獲得了英國大學的獎學金，誰的碩士論文上了學報。

還有許多她似懂非懂的名詞，什麼飆網，什麼奈米技術，什麼雅虎華爾街，什麼地表沉積與生態環境。

這個時候她就覺得他們很遙遠，很高大，很陌生。

大城市，名牌大學，研究生，光華閃閃。

而自己，不過是一個小城，一間小衛校的，一個中專生，將來一間小醫院的，一個小護士。

她仰頭看他，原來自己站的好低。

本來也是毫不相干的，各有各的生活。

可是這會兒她心裡莫名湧起的悲哀，竟愈發濃重、急切、蒼涼，她再看一眼談笑風生的畢盛，火車漸漸接近終點，就好像手裡抓不住的一把沙子，只能眼睜睜看著掌心漸漸虛空。

真是不甘心啊。

畢盛問她要地址了。他把自己的日記本翻開，最後一頁，潔白的一整頁，放在她手裡，很小心，很殷切。

下意識地，韓煦寫了家裡的位址。

「學校的呢？」

「哦——我們學習挺緊張的，老師不贊成通信。」

「對啊，妳該正讀高中吧，正是課業繁重的時候。」

「哦，是啊是啊。」

「是明星高中吧？」

「哦，是啊，是重點，省明星高中，還是。」她這麼自然地撒了謊，她實在不忍心不撒謊，儘管隱隱地，她覺得自己必會後悔。

6

下車的時候，大家都疲憊之極，狼狽之極。

一路上風塵暑熱，現在畢盛和韓煦就像一大一小兩個黑人，只有眼睛還是亮晶晶的。

韓煦低著腦袋硬生生的說：「好了，現在我要轉車了，你也走你的吧。」不妨畢盛拉過她的行李包：「什麼這麼重？」

「石頭，點蒼山上揀的石頭。」

「真厲害！」畢盛笑嘆著，已經一手提了她的包大步走在前面。

韓煦無力抵抗，只能快步跟他走，乖乖地由他買票，由他送上長途客車，由他安排坐好，也由他在她手裡塞了麵包和水。

「將就點吃，我也只夠買這個了。」他帶著歉意地。

她的心上上下下，悲悲喜喜，卻不懂得說一句溫柔體己。

憋了很久出口卻橫橫地：「我又不是小孩子，你何必這麼照顧！」

畢盛笑了，「我知道妳是個很厲害很厲害的小姑娘，」他停住，深深望她一眼，慢慢地說道，「但我還是喜歡照顧妳。」

便不再說話，徑直下車揚手再見，大步走遠。

看來往的人流是怎樣把他遮蓋了啊，越來越遠，極目再極目，連一點衣服的顏色也望不見了。

韓煦移開眼，這才發現手裡的麵包，已經被自己揉碎了。

7

多麼瑣碎冗長的情節，韓煦笑著搖頭，可是十年溫故常新，她喜歡這麼細細地想起，細細地沉迷。

細雨漸收，她不再亂逛，下午約了導師見面，該回去換身衣服。

經過孫中山的青銅雕像，她的腳步慢了。

雕像下那一大片草地，眼下汪汪地亮濕著，茫茫地寂寞在煙水裡。

數位相機在背囊裡，好想現在就照張相。

畢盛最喜歡這一大片草地，他說夏天的早上，絕早，高大的桉樹上小雀兒在叫，露水閃閃的，他就來這兒讀英語，晚飯後，夕陽在天，他的室友會來這裡彈吉他，唱老狼的〈流浪歌手〉，總有飄著花裙子的女同學，遠遠地站著聆聽。

他寄過一張照片，坐在這片草地上，一個人微笑。那封信他說，真希望妳能來中大，來看看，來玩玩，或者來讀書，怎麼都行，妳來就好。

他的信很準時，每週一下午，一定到。

所以那段日子，每個週一下午的班會，韓煦總是心神不定，下課鈴一響，抓了書包就往家跑。

她家離衛校不遠，只坐三個站，可是很多時候，她不耐煩等那班車，就乾脆跑回去了。

她在風裡跑著，在斜陽裡跑著，繞過一棵棵開著花兒的紫荊樹，繞過水龍般的車和喇叭，穿過幽深的巷子，轉彎，再轉彎，她家，古舊的紅磚牆外，掛著一個生了繡的綠色郵箱，捏著小小的鑰匙，扭鎖，開箱——果然他的信一定在裡面，靜靜地安詳地等她。

他永遠用白色的長長的信封，右下角印著「中山大學」，淡綠色的字，優雅而親切。

她把信小心地塞在書包隔層，愉快地舒口氣，這才慢慢地進屋，和婆婆打了招呼，洗米煮飯。

她能忍住不馬上看信，就好像一個小孩捨不得拆一塊糖，留一會兒再留一會兒，那快樂和期待就要漫溢，她捨不得一口飲盡，要一點點地啜品。

直到睡前，明明躺下了，信就貼在胸口，最接近心的位置。

嘆氣很久，輾轉很久，才爬起來扭亮檯燈，一點一點地撕開信封，一點一點地展開信紙，一個字一個字地看進眼裡。

其實，那些信從沒有什麼熱烈的字句，甚至曖昧的，都沒有。

多是一頁，有時兩頁，畢盛的信就像他的治學態度一樣嚴整有序。

第一段是問候，問她學習，身體，心情。第二段是介紹自己這一週的要事簡況，學校同學的一些趣事。最後一段比較活潑，會說到自己喜歡的一首歌，自己的夢想，極少極少的，會有一兩句像是想念的話，像寄那張相片時說的「怎麼都行，妳來就好」。

欣喜中的一點悵然，韓煦希望裡面還有點什麼，可是又怕裡面還有點什麼。

8

回信最難寫的是，她的重點高中學習生活。

韓煦絕少撒謊，這次的謊讓她為難。突然的說出真相吧，畢盛會怎樣看她，少女的好強和虛榮，讓她遲疑著，遲疑著，而她最遲疑的是，害怕因此失去。

他，多麼多麼的好啊，即使自己不妄想什麼，難道保持著這種距離，這種聯繫，常常獲知一些他的消息氣息，也算過分嗎？

她含糊地原諒了自己。

為了讓信的內容充實，她真的買了一套高二的課本，似懂非懂地自學起來。她頻繁地去一中找從前的同學雪芬，跟著人家自習，跟著人家打飯，在宿舍聽人家評論老師、男生和高考題。

再把別人的故事換個角色，在小檯燈下回信，寫著寫著，甚至有時候真的以為那就是自己。

畢盛從信中看到一個勤奮而優秀的重點高中學生韓煦，她的物理測驗考了全班第三名，作文被老師推薦給校報了，她週六日都要補課，她最喜歡的老師是數學老師，因為他能用最快的方法算出微積分。

果然，畢盛給予她很多的讚賞和鼓勵，他熱心地把自己的學習方法傾囊而授，學英語一定要背熟一些範文，寫議論文可以經常看看報紙的社論，《讀者》裡的一些小故事可以成為文章論據。

信，就這麼一來一往的。雖不熱烈頻密，但也不疏遠生分。這按時收發的溫情和關切，漸漸長成生命裡親密的習慣，長成無須宣揚的默契。

那時候，韓煦常常想，這樣就很好了，這樣就很滿足了。

他是她精神上的燈塔，遠遠地，淡淡地，一些光明。不管將來，不想以後，只要目前。

可是他終於講到將來。

寒假快到的時候，他的信寫到，「想好要讀的大學了嗎？需要我幫妳出出主意嗎？妳一直說對經濟感興趣，中大的嶺南學院有很棒的教授。」
韓煦的不安爬上心頭，那不安其實潛伏已久。
恰巧學校剛剛發下實習的安排，韓煦，即將以產科護士的身分，到一個縣城婦幼保健院實習兩個月。

9

這封信她一直沒回，也是因為忙著準備實習的事，也是因為不知道怎麼回答。畢盛的信又來了，這回他說，「我想去看看妳，主要想帶一些復習參考書給妳，十六日下午，妳在家等我就好，我能找到。」
這消息讓人既喜又悲。。
韓煦每日裡坐立不安地，一會兒哼著調子，一會兒又悶聲悶氣。她父母都在外地工作，家裡只有一個七十歲的婆婆，婆婆不懂她怎麼了，一會兒洗窗簾，一會兒擦地，皺著眉頭又抿著嘴笑。
「明天有客人來！」韓煦對婆婆說。
婆婆哦了一聲。
「明天有個客人來，研究生，比大學生還厲害的。」吃飯的時候，韓煦又說。
婆婆又哦了一聲。

韓煦嘆了口氣。

做夢都想見他，不是嗎？可是現在不行，她慌得很，在衣櫃的鏡子前照前照後，為什麼自己還是這樣矮小，她挺挺胸，還是那麼微弱的起伏。

她拉開衣櫃，她沒有好衣服見他，她穿什麼見他？

坐在桌子前面，把臉貼在鏡子前，為什麼鼻子上有一粒痘痘，雖然現在很小，但明天會長大長紅的，一定會的。

最擔心的，說什麼好呢？

寫信，她可以構思可以盤算可以修改，見面，她怕自己什麼也說不出來。

實質上，她怕她的重點高中生的身分，紙一樣的撐不住啊。

他僕僕風塵地來，坐了十二個鐘頭班車的來，如果他失望——

可是她想見他，想見他，她趴在桌子上，煩亂透頂。

10

畢盛來了。

他的行李裝滿了參考書和補品，很重。

本來他想忍住，等韓煦考完了高考，再來。就像每一封信，他都刻意忍住的火熱和期盼，要耐心，要冷靜，要等。

可是浩如春水的思念可以一夜間就毀掉他苦心的築堤。

他小聲地對自己說，只是看看她，看完就走，好像這一眼可以支撐許多個日子的饑饉。

現在他終於來了，山城的陽光很好，街上的擾攘很好，幽深的巷子很好，指路的阿姨很好。他敲門，老式的粵西的雙面木門，敲門聲篤篤，他的心也篤篤。

門很遲才開，是一位和善的婆婆，他記得韓煦在信裡曾經提到過的。

「婆婆好，我是廣州來的，阿煦的朋友。」

「我知道，你是客人。」婆婆說方言，畢盛最多能聽一半。

「阿煦在家嗎？」他向裡張望，好像那個敏捷的小姑娘隨時都會跳出來。

「無在屋啊，行出了。你跟我入來坐羅。」婆婆引路，斟茶，指指茶几上的一封信。

畢盛站起來接過茶，惦記著那信，手顫了顫，幾滴茶潑了衣服。

信說臨時參加一個全封閉的英語補習班，不能在家等他，非常抱歉等等。

近晚的陽光漸褪，畢盛感到有點涼。他還是笑著留下禮物，陪婆婆說了一會兒話，雖然，天知道他們是否能互相聽懂。

不肯留下用飯，怕麻煩老人，畢盛在車站買了個盒飯，匆匆趕夜車回去了。

夜晚是頗有一些涼意的，畢竟是冬。車窗外是黑黑的田野，一陣陣地，他心裡有一些難受，馬上又為她開脫，快高考了，當然是補習班比他重要，她還小呢，小女生，怎能要求她什麼，都是自己不好，衝動地要來，差點給她添麻煩。不能急，要耐心，要冷靜，要等，既然值得去等，既然決心去等。

可是，講完了道理，心還是有點疼。

11

一分一秒地捱到五點半，韓煦不行了，她感到心突突突地，要蹦出腔子。

她跑出學校，往家裡跑，不行，她得見他，行行好老天爺，我得見他。

她在風裡跑著，在斜陽裡跑著，繞過一棵棵開著花兒的紫荊樹，繞過水龍般的車和喇叭，穿過幽深的巷子，轉彎，再轉彎。

家門緊閉著，她側耳去聽，裡面靜悄悄的。她慌著掏出鑰匙開門，半推半撞地，客廳裡只有婆婆在吃水煙，只有婆婆，只有她。

「他呢？」她絕望地，聲音裡有哭的喊。

「客人走了，走了大半個鐘了，買了好多禮。」婆婆笑咪咪地說。

韓煦的腿軟極了，扶著椅子，她捧緊抱緊那重重的禮物，好像僅剩的依傍。

一層層細心的包裝，高考參考書，厚厚的，新新的，還有各種補品，他想得真細，補腦補血補細胞的，這幾乎是那個年代所有最熱的保健品，他也是靠獎學金生活的，偶爾幫導師翻譯一點資料，一直想裝 CALL 機都捨不得。

婆婆滿意地說，「好有心！」

韓煦又是愧悔又是心疼，坐了十二小時的車，熱飯沒吃一口又回去，他餓不餓，他生氣嗎，他會原諒她嗎？

這一腔柔情悱惻跌宕，上下沖竄，如何按捺這長長的夜，長長的思念。

好像為了補償，好像為了順他歡喜，韓煦寫信給畢盛，好的，我就報考中大的嶺南學院吧，我一定努力考上，我一定要去中大，你等我。

寫完雙頰似火，卻又想像他看到這信的欣慰，想像他的高興，這激動使她暫時忘了，這謊拖得她越走越遠，回頭已難。或者她也顧不上了，像夏天撞向路燈的小飛蛾，只要那一瞬的光焰。

畢竟當時年紀小啊，不懂得，就算是假以愛的名義，可騙了還是騙了啊。

12

中大校道上的人多了起來，迎面的年輕父母，牽著個孩子，想是第一次來，指指這個，問問那個，快活的新鮮的趣味，韓煦笑著望他。

想起，當年她第一次來中大，終於，勇決地。

實習很苦，在婦產科，她給產婦插尿管、清潔下身，甚至她們便秘的時候，她要戴著透明的手套，給她們用灌腸劑。

輪值夜班的時候，天寒地凍，白褂子外面也只能鬆鬆披一件棉衣，寂靜子夜，倦極想打個盹，卻總有呼天嚎地的產婦慘叫著送來，她驚她怕她手忙腳亂，心時刻抽緊，跟在醫生和護士長的後面，搬這個拿那個，不小心就被罵個淋頭，連委屈地抽一下鼻子，都沒空。

偶爾回到家，連盼信的力氣也減了，看著畢盛的信裡越來越多的高考命題方向，模擬題和招生簡章，她更感到無比的遠，無比的漠然，無比的不相干，心裡遂抹了一把灰似的，卻掩不住汩汩的悲哀。

她的回信越來越短，心乏了，沒有力氣了，這強弩之末，這戲近尾聲。

他卻只當她全力備戰高考。

他知道她的成績在全級排名三十名之內，他知道她的第一志願報了中大經濟管理，他知道她第三次模擬考試又連晉四名。

他心情很好，每一天早上的陽光，斑斑點點的金色射進窗子，他感到日子好像一朵徐徐綻開的花兒，一天舒展一點兒，就要完全地張揚地盛放。

韓煦卻出奇地冷靜，實習回來，已經沒課了，只是畢業的手續要奔走一下，她在家裡坐著，等著去一間縣醫院報到

考試的三天，喧嚷的酷暑和掙扎，她坐在窗子裡，聽路過的學生唏噓著題目的深淺。

她坐著，好像等待倒數的宣判。

七月十日，高考結束的第二天，畢盛的信又來了，那是他最後的一封信，只是當時，看起來無論如何，也不像是最後。

他說這個暑假他不回海豐老家了，一是跟導師去河南魯山做個礦山考察，一是等她的好消息，他相信她一定能考上，他有預感。

「我會一直在中大等妳，在這裡等妳。夏天的草地真漂亮，真想和妳照張相，就在孫中山雕像下面的草地上可好？」

「雖然我知道，妳實在是個很厲害的小姑娘，可我還是好想，一直在妳身邊照顧妳。」

夏天的蟬在窗外一大片聒噪，偶爾停下來，悄無聲息的午後，是誰在細細長長的哭？

13

其實他不知道，高考前她去了一次中大。

仲夏，黃昏，韓煦在北門下的車。

她從沒來過，不知道南門是正門，計程車司機問她南門北門，她錯以為北和北京一樣該是正的。

中大以一場豪雨迎接她的初來乍到，夏天的雷陣雨，來的快走得疾，可是在毫無遮蔽的北門珠江岸邊，已經足以把她澆透。

她還沒看清自己今天有多漂亮，新買的涼鞋，跟細高細高，白底淡黃碎花上衣，蔚藍的長裙子，編得又緊又密烏黑發亮的辮子。

她今天是個多漂亮的女孩子，高挑，嬌俏，雅致又溫柔。

她費盡心思維護這漂亮，下了汽車在旅館裡精心裝扮，怕擠公共汽車髒了衣服，狠心花了三十多元的計程車。

她濕淋淋地且跑且閃，雨鋪天蓋地，腳下一滑，折了一隻鞋跟。

索性站住，哪兒跑去，她反而癡笑了。

怎麼計算，算不過這場雨，就像怎麼計算，算不過這個命。

她就這麼濕淋淋地走在中大的校道上，光著腳，拎著鞋，偶爾有撐著傘的人匆匆看她一眼。

她無暇沮喪，更多的是茫然。

樹叢裡的路燈一盞盞亮起來。

研究生樓很好找，她到的時候，天已經全黑了。

我這是幹什麼來了？

這一刻她還在問自己。

然而她總算來了，這就是中大，他的中大，她來了，走過了，看過了，完成了，她有點輕鬆。

衣服黏濕在身上，時而冷時而熱。她在研究生樓前的東湖邊兒坐下。

他近在咫尺了，樓裡一扇扇窗裡的燈，有一盞是他的。

她渾身一陣溫暖轉而又一陣淒酸。

校園暗暗的，但笑語聲是明亮的。向左，這條乾淨的路，載滿了紫荊樹，不是開花的季節，滿樹都是圓圓的葉子，他每天都踩的路，每天都踩，她想他走路的樣子。

在網球場，她扶著圍牆，他踩過的路，他扶過的牆。

在游泳館，她摸著欄杆，他也摸過的，他游過的水。

他踩過的中大的路，她也踩過了。

好了，這就行了。她想笑笑，卻打了個噴嚏。

身後有相擁快行的情侶，她卑微地急忙閃身，微弱燈下，那男生儒雅女生脫俗，笑聲明朗飛揚，她躲得更深了，躲在高深叢林裡，越見自己的虛弱矮小。

她險些忘記，她是粵西小縣的小護士，穿著廉價的軟底布鞋在彌漫消毒水的走廊上端著痰盂小跑——

這是他的中大，不是她的。

她心裡清清楚楚，無論如何，她不會去見他了。

轉身再看一眼那樓上的燈火，她踉蹌地離開。

朦朧中似乎有個聲音在無助哀切地喊，從今以後，也許再也見不著了啊。她加快步子，咬牙甩頭不去想。

小小身體的熱，暖不過衣裙的濕，她冷，很冷。

就這麼，誰想得到呢，火車上的初初相見，也竟是一生中的唯一。

14

她給他的最後一封信，早就寫好了。

她說他不必等下去，從頭到尾都是她的一場玩笑，希望他不要當真。她去不了中大，她不是明星高中的學生，她只是個衛校的小護士，沒辦法，當年成績不好，上不了明星，就想早點出來工作，現在好了，她有工作了，說不定很快就會嫁個醫生，她的學姐們都是這樣的。

她說謝謝你，實在是謝謝你。

對不起，實在是對不起。

一九九六年七月二十八日，高考成績發佈那天，她去寄信。信封半倚在郵筒邊沿，她的手裡全是汗。

後邊的人催促了她的決心，她指間一鬆，信封倏地一下飄下去。

完了。

她失魂落魄地回家，飯也不吃就上床睡覺，睡了一天一夜。

如果這信太過殘忍，你可知道，每一刀都是先插在我的心上。

他再沒信來。

他果然不肯原諒她，自己又有什麼資格奢求他的原諒？

秋去冬來，春天的紫荊又開了一樹一樹。

他不再有任何消息，他終於放棄她。她徹底絕望。

一切都完了。

15

宋教授是她的導師，人很年輕，不過三十出頭。第一眼韓煦就想到，畢盛也和他彷彿年紀吧，日後也許可以從這裡打聽他的消息。

不等她問開課計畫，宋教授劈頭就問：「妳是學醫出身的？」

韓煦忙答：「我知道基礎可能會薄弱些，但我肯花功夫的。」

「不是不是，我不懷疑妳的能力和勤奮，要不怎會一年時間攻克了專業課？我只是好奇，妳為什麼好好的醫生不幹了，跑來考這個專業？」

韓煦斟酌著，「也許——是因為喜歡吧。」

「我就更好奇了，這個專業挺偏的，有時還要下礦山鑽油田的，妳一個女孩子，唔，二十七歲了，好像過了做夢的年紀啊，呵呵。」

「還是因為喜歡吧。」

「行啊，難得妳這麼真誠的喜歡，我收妳這個徒弟吧。」宋教授爽朗一笑，韓煦如釋重負。

其實，她很久不做夢了。

剛畢業那兩年，太苦了，行業欺生，她常常被排值夜班，搽著風油精提神，白天又睡不著，隨時被人喊去頂班。不服，人家冷冷答，妳年輕又沒拍拖結婚的，不找妳找誰啊，不願意啊，考醫學院當醫生去唄。

她就當真了，倒不完全為一口氣，只想過得好點兒。

第二年成人高考，還真給她考上了廣醫，去讀書，老老實實安安靜靜地坐在圖書館背解剖圖，偶爾看看窗外的紫荊樹，湛江也有紫荊樹，也開花，有紫有紅有香有蕊，但她總覺得，這花必不同中大的鮮豔熱烈。

偶爾她還會想，偶爾到成為一種習慣，一種頑疾，治不好的，也不去治。

直覺得他越來越遠，遠不可及，可是卻還清晰無比，鑿在石頭上似的。

大學讀完就做了兒科的醫生，工作不忙，小孩子無非感冒喉嚨發炎，不傷腦筋，接著很自然地，五官科的姚醫生開始約她出去，去得多了，淡淡地，也就開始談婚論嫁。

那天她是想著，要結婚了，也該把東西收拾一下，該扔的就扔掉吧。

老家的閣樓上，她扭亮那盞小燈泡，光沉沉的，她收拾衣服收拾鞋直到抽屜裡的小髮夾也清理好了，回頭，就剩下那口箱子了。

整整八年，她不敢碰，那箱子全是積塵。

掀開來，撲鼻的塵味兒，裡面是畢盛給她的一切物事，信、卡片、相片、書，還有那年他省吃儉用買的補品，早已經變質了，巨人集團倒下了，史玉柱出來還債了，這麼多年過去了，她拿在手裡，癡癡看了一晚，不知是夢是醒。

時間有改變她的，她的身量也勻稱婀娜，她的面容更沉靜美麗，只是為什麼，就是忘不了，忘不了，時間一點也幫不了她啊。

16

沒人知道，她是如何一下子就清楚爽利了。

上三樓五官科找姚，病人多，她穿著白衣長褂靜靜倚著門。

看姚冷峻地忙著，這麼近卻這麼遠，這麼熟又這麼生，如果不用心，也許可以跟他過些平常的生活，可是——

姚起身走近她，「有事？」

她簡短地，「我不想結婚了。」

姚醫生素知韓煦的特立獨行，但也情急問道：「妳看我證明都開了，這又是為什麼？」

「我想考研，考中大。」

「妳想去中山醫進修是吧，可以啊，結了婚也可以啊。」

「不是中山醫，我要考環境地理資源專業，中大的。」

「妳不是說真的吧，換專業可不是說換就換的。」

「對，所以我打算辭職，在家復習一年。」

「妳一時衝動是吧，妳想想清楚。」

韓煦低頭喃喃自語，「不想了，想了八年了。」

她突然很心急，年華是一條忽的事，生命是一條忽的事，只怕來不及。

她必須解決那個箱子，必須面對那些痛，否則她這輩子，都別想輕鬆的忘卻，都別想寧靜的活著。

她要明明白白證明，給他看，她能，她沒有撒謊，儘管已經晚點。

還有，最要緊的，她還不曾告訴他，她曾經愛，她一直愛。

怎麼能不讓他知道？

來得及嗎，你看，一眨眼地，青春就快剩個尾巴了。

宋教授給她開書目和課表，韓煦接過來看了一會兒，問，「宋教授，江肖明教授不上我們的課嗎？」

宋教授看她「咦，妳知道江教授？」

「我以前在圖書館裡看過一本《環境地理學》，是他寫的。」

「那本書很舊了吧。」

「好像是一九九六年一月的。」

「那就是了，當年他還送我們一本呢，我那時還是他的研究生。」宋教授不由嗟嘆起，「可惜那也是他最後一本書了。」

「哦？」

「九六年暑假，他帶了一個研究生去河南魯山，『七一四』礦難妳知道不？死了二十多個人，他們倆剛好也在下面——」

韓煦飛快地計算著，手腳冰涼冰涼。九六年，七月十四日，河南魯山，七月十四日，九六年。

「那個研究生，也在裡面，不會吧，不會吧。」

「最可惜就是他了，那麼年輕，海豐人，長得很帥，很有才華，好像連戀愛都沒談過呢。」

韓煦頭腦昏昏沉沉地，心裡亂極躁極悲極。

「他的論文還得過獎，在年會上宣讀過，那，我找給妳看看。」宋教授在書架上翻到一本論文集，指給她看，「這觀點，這思路，真是真是，哎，太可惜了。」

韓煦低下頭來，那個名字，那個名字，瞬間模糊了，啪地，一大顆眼淚掉下來，沒濕了，那兩個字。

畢盛。

17

又下雨了。

濕雲如夢，塵粉似的雨。韓煦腳馬不停蹄地走，心馬不停蹄地疼。

七月十一日，七月十四日，七月二十八日。

她突然狠狠地咬緊嘴唇。

也就是說，他走的時候，還沒有看到她的信，還不知道她是在騙他。

也就是說，他直到最後一刻，還相信她會考出好成績，九月裡就會在中大相見。

也就是說，他根本沒有機會看信，根本沒有機會生氣或者原諒。

他早就不在這裡了，他早就沒了，而這麼多年，她一無所知。

她哪裡會想到，她騙他，真的騙了一輩子。

該如何，讓他知道，她愛他。

卻原來，年華是一條忽的事，生命是一條忽的事，真的來不及。

再也來不及。

雨下大了。

孫中山青銅雕像前，韓煦拿著相機央求一個打傘的女孩。

「請妳，請妳，幫我照張相。」

「可是下這麼大的雨。」

「幫我照張相吧，照張吧——」雨打濕了她的頭髮衣服，她臉上都是水，「照一張吧，很快的，很快的。」

女孩當她是個狂熱的旅遊者，只好夾著傘端起相機。

韓煦坐在那片草地上，微笑，雨水打濕那微笑，她不斷地眨眼，還是微笑。

雨越下越大，女孩看看鏡頭，再看看鏡頭。

只看到茫茫的雨，只看到茫茫的水。

買春

鏡子太小，只一塊巴掌大，貼得太近，只能放大局部，離得稍遠，眼神朦查查又看不清楚。

老曹左手拈起鬍鬚，右手擎著剪子，有點抖，剪子尖兒碰了肉，疼。

這寸把鬍鬚留得不容易，他家族的遺傳是毛髮稀疏，兒子孫子都像他，眉毛淡淡的長幾根，僅是聊勝於無，頭頂是早光了，勝在頭型圓好有光，鄉民們沒文化，看病也要以貌取人，老中醫沒有頭髮不打緊，沒有幾莖鬍鬚就不像話了。

老曹沒到五十歲的時候就開始留鬍鬚，穿盤釦的唐裝，神態肅然地直著背，坐在自家藥店的鐵力木老桌子後面，桌上一枝筆，一本白紙，一個小號脈枕，牆壁上掛著幾幅暗紅的錦旗，金燦燦的鑲字即使在夜裡也曉得發光，華佗再世，德醫雙馨，杏林春暖，懸壺濟世，妙手回春，濟世神醫。

那些錦旗還新的時候，他心虛過。

都是親戚託名送的，藥店開業的時候，像開張花籃一樣送來，即使這年代沒人把浮誇當羞恥，那旗子的顏色還是讓他的老臉微微泛了紅。

他算哪門子神醫，又拿什麼濟世，只不過混口飯吃。從沒正經上過醫學院，年輕的時候跟個老郎中學過一點，看了幾本書，推拿針灸懂得一些，風寒感冒咳嗽開些甘草桔梗黃芩前胡也不在話下，也就哄哄自家親戚那點本事。那年老婆還有命，嫌種田太苦，攛掇他坐堂賺錢，「怕什麼，治不死人就是神醫了。」

他膽小，不死人就是最大的理想，小心駛得萬年船，他給人開藥，寧願劑量不足好得慢些，也不敢如虎狼，年節拜神祭祖，他也求生意興隆客似雲來，卻不敢太壞了良心，最多也是求人家染個小恙。藥店開了十八年，算是遂了願望，庸庸常常，無驚無險，不求口碑，湊個數就好。

這十八年，說起來算難得了，做為一名不過不失的老中醫，他唯一親歷的病人死亡，只有隔壁屋謝大叔那次。

其實，那不能算是他的責任。謝大叔年輕的時候得過肝病，攢了個病根，有段時間勞累過了，渾身無力，只當是感冒，開了好幾劑藥仍不見好，他就不肯再給謝大叔看了，特意交代謝大叔的兒子去城裡大醫院檢查。他們去的那天，謝大叔還能輕手快腳開摩托車，半個月之後回來，已經臉色蠟黃奄奄一息，要兩個人抬才能進屋。急性肝衰竭，這是西醫的說法，他連夜翻遍手上那幾本藥書，覺得像是瘟黃，若是瘟黃，有個用生大黃和厚朴灌腸的方子，可他沒敢逞能，也沒敢聲張，人眼看就不行了，動一動就能死在你手裡，這不是惹事上身嗎？

一晚謝大叔的兒子來敲門，知道求藥無用，只求壯膽，謝大叔連連尿血，發癲，說胡話，也不認得人，一屋子女人晚輩，沒見識過這樣的場面，心慌手腳亂的。

其實他有點忌諱這些事，經驗也不見得多，父母去世的時候他不在身邊，老婆又是在醫院走的，白布蓋頭，直接拉到殯儀館，他今年也六十有八了，誰知道前面還有多遠，平日裡只是渾渾過了裝不知道，他寧可渾渾過了，不要有什麼提醒。

到底還是走了一趟，架不住一個老中醫的所謂聲望。

天寒地凍，屋子裡燒著熊熊的火爐，一股熱烘烘的臭味，有點中藥五靈脂的腥，又有點生煎天麻的臊，教人不敢喘氣，謝大嬸給謝大叔換了張乾淨褥子，褲子剛套在腿上，又尿了一泡，赤褐色的便溺緩緩地滲進暗綠色的棉褥子，只剩個奇怪形狀的濕印子，謝大嬸張著口，怔了片刻，邊哭邊罵道，「死老頭子，要折騰死我呢！」她手腳帶著點氣，把謝大叔翻過來換褥子，謝大叔側著頭，乾枯的一隻手臂搭在炕沿，下體袒著，眼神空蕩。

他無法不去看那垂死老男人的下體，那陽具萎縮成小小的一截，黯然疲軟，好像曬乾的什麼蟲子，兩掛卵耷拉在破布一樣的皺皮裡，老曹有點噁心，又有點害怕，想移開視線，卻又忍不住再看一眼。

「雞巴死了。」謝大叔突然說了一句，眼神散著，不像是看著誰說，再哄他多說幾句，又不說了，就是那天夜裡，輾轉掙扎了半個小時，謝大叔去了，他家兒女有孝心，請了和尚唱經，木魚鈸磬鐘鼓，南無阿彌陀佛。

鄉裡面生老病死不是新鮮事，但這一件卻讓他分外難以下嚥。轉眼就過了半個月，小年近了，天氣更冷了，晚間他早早關門，窗子也緊閉不留縫隙。然而電視一關，耳邊就響起那唱經聲，那單調重複苦索空落的音腔，延綿無盡無極，連窗外的風聲、樹梢的擦響、掛鐘的滴答、鼠子和壁虎的呻吟乃至自己的心跳呼吸，為什麼踩的都是那個節律。

他早早躺在床上，閉上眼就看見謝大叔那截曬乾的什麼蟲子，男人的老和死，是先從那裡開始的，那裡是生的源頭，命的根。

是的，從那以後他有點過分關注自己的那話兒了。

老婆死了八年，他沒續弦，一是沒合適的，二也是自己沒急著找，太愛自己的臉皮，也怕親戚鄉里們笑話，這是鄉下，他又是個留著鬍鬚的老中醫。慢慢地，欲望也淡了。欲望這東西就像一條蛇，你給它吃得愈多它長得愈壯大，愈有力氣纏得你緊，你餓它，忍著不餵養它，它會弱、會衰、會死，然後放開你。有一段時間他甚至以此為喜，看了幾本養生的書，以為從此固精養體直可延年益壽。可現在，他在想，也在問，更在擔心，「它」還是活的嗎？

他私下裡自己試了，有反應，早上憋著一泡尿，它也剛直剛直的。他有點感激涕零的感覺，它敏感，它靈活，它生猛，即使它也跟他一起變老，將來還要更老，老到什麼地步不去管了——至少他們眼前、當下，在活著。

真想好好地愛惜它一下。

非要好好地愛惜它一下。

老曹想到了那個地方，他想了幾個晚上，那條蛇不吃不喝也能回生那條蛇見風就長長勢驚人，那條蛇盤據在他的腳下懸掛在他的梁頭，嘶嘶地吐著火火的芯子。

他有點要瘋的感覺，誰的媳婦娘們來店裡抓藥，背轉身去他就忍不住瞪著眼去望人家的臀，那些扁的圓的瘦的胖的褲子裡裙子裡的臀，他在心裡罵自己要死，隨即又寬宥自己說，那是為它看的，它是活的，活鮮的，活生生的，它要他看，它要。

他爽性看開了，瘋就瘋吧，等到雞巴死了，想瘋也不行了。

如此痛快又悲涼地想。

剪刀再一次微微顫著挨近鬍鬚，輕輕的一聲「嚓」，剪了，灰白的鬚飄飄地墜，肩上一些，胸口一些，地上一些。

他不再是什麼德高望重仙風道骨的老中醫，他寧願是、他就是一個猥瑣的下作的去公園裡找站街女買春的糟老頭子。

早上寒氣逼人，他戴了頂帽子悄悄出門，冷風直接灌進脖頸，從前那幾莖鬍鬚至少還可以遮擋一下，他想了想，又折回去加了一條圍巾。

進城的中巴很空，有熟識的鄉民向他問好，他主動告訴人家進城去看朋友。

車窗外面，冬天的樹，光禿的枝椏，瘦而瑟縮，一行行向後退著，天空是灰的，水泥牆那樣冷硬闊大的灰，這是最嚴冷的冬景，他買春的路上。

他早就知道那個地方，在沒有成為老中醫的時候就知道。那個中山公園其實是個老頭公園。城裡的老頭，從早到晚混在那裡，遛鳥、下棋、打太極，隨地吐痰，賭兩角錢的小牌，背轉身就在花叢裡撒尿，更多的，是抄著手臂，龜縮著背，頂著花白的頭顱，圍成一圈吹牛，「我年輕的時候才厲害呢——」，各人只是碰面點頭問個名號，誰的身世都諱莫如深，誰年輕的時候有過什麼樣的傳奇，盡可以隨意在嘴上編演，博個笑聲，找點樂子，誰在乎呢？

那次他是和老婆來的，逛街累了，買了幾兩包子坐在公園的石頭板凳上吃。老婆說這個公園到處都是臭老頭味兒，他覺得也是，那種味兒，不是尿臊味或者人工湖死水的臭味，那種味兒，是遍地尿臊味和人工湖死水的臭味都蓋不住的一種氣味，暖烘烘的酸苦和腥臊，笨滯的混濁的即將腐爛的，想起來了，他在將死的謝大叔房內聞到的，那種，那是一種接近死亡的氣味嗎？

他不知道，自己身上有沒有這種味兒，自己是聞不到自己臭的，所以今天早上他洗了澡才出來，用一塊新的百合花味的香皂裡裡外外細細地搓了，搓得皮都紅了。

他和老婆吃包子，白菜豬肉餡兒的，旁邊的石凳來了一對人，一個肚子很大的老頭，一個畫了濃妝的婆娘，那婆娘不到四十，皮膚黑，搽了粉又太白，他們坐下，看了一眼老曹夫妻，撐開一把大傘，大傘遮罩著他們，只露出兩雙腳，他們細細地說笑，傘微微地搖晃。

「不要臉，老不正經，光天化日的不要臉！」老婆啐了一口。

他很好奇，很想知道，光天化日這麼一把大傘，兩個人到底能幹到什麼程度，可是老婆惱怒了，拉著他走。

他們從公園後門的路出去，一路上看到很多的大傘和腳，樹叢裡面站著的，笑著的，招手的，七、八個形狀妖豔的婆娘，最年輕的那個，看起來好像還不夠三十，他沒看清楚，老婆拽著他走得飛快。

今天這麼冷，她們還會出來嗎？

其實冷點也未嘗不好，人沒那麼多，至少公園裡的空氣會清爽，老頭臭，就淡了。眼看快中午了，偌大的公園除了風，只疏疏看見五、六個老頭在打拳，她們還會來嗎？

老曹找了個小飯館，要了一碗牛肉麵，吃了兩口，又加了兩個滷蛋，一碟滷牛鞭，他今天不缺錢，缺的只是牙口，牛肉其實已經嚼不動了，在嘴裡只吮個滋味安慰舌頭罷了。

他在公園裡又轉了一圈，打拳的老頭也走了，只剩下東北的亭子裡，兩、三個老頭在下棋，他們穿著厚厚的大棉襖，包著頭，像幾頭老熊。

那女人穿著一件黑色的連帽羽絨服，帽子套在頭上，冷得佝僂著背，從遠看，根本就看不出是個女人，要不是她突然從樹叢裡走出來叫他。

「大叔，大叔你一個人散步呢。」她把笑容堆出來，雙頰凍得紅紅的，吸了一下鼻子。

他的心跳快起來，這是一個多少歲的女人，三十多，四十多，看不出來，她上上下下包得太緊密了，但她的眼睛長得還算好看，圓圓的，很靈活，即使鼻子和嘴都有點大。

「大叔，天怪冷的，咱玩玩就當是暖身子。」她又吸了一下鼻子，走過來膩在他身上。

他該說些什麼，抑或什麼也不說，笑一下也行，天太冷了，肌肉也好像凍住了，僵僵的。

「不貴，今天還沒開市呢，我給你打折好不好，二十塊隨便摸，五十塊打一炮，便宜不？」

「我不想在這兒。」他東張西望了一下，沒人。

「當然不在這兒，大冬天的，凍死人嘛！」女人笑了幾聲，側著頭，媚起來的樣子，「我帶你去我家，有暖氣，軟床墊，可舒服了。」

「妳叫什麼名字？」

「叫我小麗吧。」

兩人一前一後走，女人走幾步回頭笑一下，老曹低著頭，看見她的腳後跟，一雙厚底的高跟皮鞋，走起來有點搖晃。

她租的房間在一幢老居民樓上，房間很小，不超過十個平方，廚房的鍋碗就擺在床頭的桌子上，椅子上堆滿了衣物，暖氣罩上烤著內衣內褲，空氣裡有一種香皂烤乾的味道，帶著粉香的焦味。

「你喝水嗎？」

「我不渴。」

「那咱們就馬上幹吧，抓緊時間。」她脫掉羽絨服，裡面是一件緊身的紅色毛衣，顏色舊了，裹著豐腴的身體，「咱們就別洗了，天這麼冷，反正還得戴套。」

「妳叫什麼名字？」他突然想找點話說。

「叫我小娟吧。」她脫了棉褲，只穿著一條碎花內褲滾上床，抓過被子拉到頸下，連打了幾個噴嚏。

「妳剛才不是說叫小麗嗎？」

「唉呀大叔，你是來幹我的，不是來查戶口的，我叫小麗還是小娟又有什麼關係，再說了，做這行我能把真名告訴你嗎，你這不是難為我嗎？行了行了，趕緊脫了上來幹吧。」

他燥熱起來，屋子的暖氣很足，所有的器官彷彿從冬眠中款款甦醒，他緩緩脫下棉褲，低頭看見貼身的薄秋褲胯部，不知何時已經山起昂然了，他有一絲害羞，更多的是歡喜，這傢伙知道要爽了，這傢伙活得很，這傢伙多麼活躍、活潑，活蹦亂跳！這活體！這活物！

一股熱燙的血氣沖上來，他一把掀開被子，竟然用了一個輕盈的姿勢跳上了床。

「啊——嚏！」女人打了個大噴嚏，捂住嘴，指指紙巾筒，示意他遞過來。

她吐了一口痰用紙巾包住，又扯了長長一段紙巾，哧溜哧溜地擤鼻涕，擤不完似的，眼淚和鼻涕一起來，看著怪可憐的樣子，他拿過一件大衣包住她的肩膀，又倒了一杯熱水過來。

女人抬頭笑笑，鼻頭眼睛紅紅的，「沒事，死不了，來吧，咱們幹吧。」

「妳伸出舌頭來。」

「這個不行，我不親嘴，不是嫌你，這是我的規矩。」

「我給妳看看，是風熱還是風寒。」

「你會看嗎？」
「舌苔薄白，流清涕，痰稀白，無汗，輕微發熱。」
「你真會啊。」
「脈象浮緊，陽氣在表，頭疼嗎？」
「疼呢，身上也疼！」
「特別畏寒？」
「嗯，平常沒那麼怕冷，今天把衣服全穿了還哆嗦。」
「多久了？」
「昨天中午出了汗，吹了點風。」
「那是勞累之後受涼起的，風寒之邪外襲，肺氣失宣，得治。」
「我討厭去醫院，有病沒病去一次就得花好多錢。」
「我能給妳治，主要是解表散寒，不費多少事。」
「你真行啊。」
「妳這裡都有什麼，薑有嗎？紅糖有嗎？」
「有，有，就在電飯煲下面的架子上。」
「我給妳煎一副生薑紅糖湯，妳分三次服，趁熱服，出汗最好。」
「你會刮痧嗎，大叔？」
「刮痧是外力行血，妳是風寒之邪入侵，身體已經虛弱，此時刮痧會破氣。」

「我想快點好，我不怕虛，就快過年了，想回家了。」
「也好，妳才起病，風寒剛剛入裡，還是能刮出來的，妳有刮痧板嗎？」
「沒有，湯匙行不行？」
「也好。」
她非常馴順地俯臥著，兩隻手把衣服捋上去，露出一大片肥白的肌膚。
他愣了一愣，又怕她冷，忙轉了心神，把風油精灑了幾點在她脊椎兩側，握著湯匙刮了起來，只幾下，紫紅色的斑點就出來了，她不知是疼還是舒服，哼哼了兩聲，這哼哼又分了些他的神。
然而他的手，他的手卻有著自行其是的專心，它們忙著，平刮、豎刮、斜刮角刮，督脈、膀胱經、夾脊穴、肩峰，有條不紊，輕車熟路，他簡直忍不住要讚歎這雙手，這雙老中醫的手，多麼從容自如，多麼冷靜靈巧。
她翻過身來，袒著胸，他的眼睛沒法不盯住那雙好乳，可是他的手絲毫不亂，任脈、天突穴、膻中穴，為什麼他的手只認得這些？以任脈為界，刮板向左沿著肋骨走向刮拭，輕輕地沒人事地經過那粒溫暖的朱砂色的乳頭，它們怎麼可以一絲抖顫和不安都沒有？
他的手讓他的心靜下來，他的心全在刮板和經脈上，不知何時胯下早已鬆了，他還沒注意。
大片的痧刮出來了，她的臉色潮紅，微微地出了汗，他也出了汗，刮痧很考人的力氣，到底年紀大了。

他走的時候，沒讓她送，剛發了一點汗，此時病人最好臥床休息。

她在床上喊，「大叔，我得給你個紅包吧。」

他窘了，「按理，應該是我給妳。」

她笑了聲，「你啥都沒幹呢，要不你上來摸摸吧，不要錢。」

他更窘了，「這事整的，妳把我當啥人了，好好養著吧。」

她由衷地說，「大叔你人真好，我覺得好多了，對了，我想到一個好詞兒感謝你的，——妙手回春！」

他啞然失笑。

「大叔，還不知道你貴姓——」出門前，女人突然喊道。

「我，姓張。」他最後說，戴好帽子，輕輕地關上了門，外面還是那麼冷，他很響地打了個噴嚏。

開往鄉間的中巴，開在冬天的風裡，開往一點一點深下去的暮色。累了，但是筋骨和心都很舒暢，那種抖開了的、沒有摺皺又元氣淋漓的舒暢。雖然，惆悵是有一點的，他想起她肥白的脊背，溫暖的朱砂色的乳頭，它們剛剛、明明在自己的手裡。

老二，是不是有點對不起你呢？

然而那傢伙，安靜地溫順地伏在他身體深處，好像在打個長長的盹。

車窗外，飄飄揚揚下起了細雪，路燈一盞一盞地暈黃。

迷濛裡，他好像看見暗處的樹長了暗暗的葉子，那暗暗的應該是綠綠的葉子。

那是春天嗎？

愛情的兩半——專訪陳麒淩

辜意珺

冰雪漫天，零下三十六度的冬季，陳麒淩誕生在黑龍江靠近俄羅斯邊境的北安城。只不過，她的父母卻是來自中國最溫暖潮濕的省份，是不折不扣的「廣東佬」。後來，在十一歲那年，陳麒淩又隨著父母返回廣東定居，她所居住的小城叫做「陽江」，靠近南海邊，人口簡單，藍天白雲，空氣清新。

「從中國極北的黑龍江，到極南的廣東，我始終是個外人，在東北，人家喚我廣東佬，到了廣東，大家又叫我東北妹，所以，總有一種邊緣人的感覺，只喜歡旁觀，不喜歡參與，個性也非常敏感。」

或許是因為落差甚大的成長背景，陳麒淩的小說寫愛情的甜蜜、分離的悲痛、難捨卻又不得不捨的矛盾心情；寫人性的最光明與最幽微處，寫愛情的青澀與滄桑，陳麒淩同時書寫著浪漫與現實，就像月亮粲然燃燒的日照處，以及寒冷冰凍的黑暗面。

這是愛情的兩半，或許也是，愛情的全貌。

透過愛情，寫女人的人生

陳麒淩細膩敏感的個性，再加上從小熱愛閱讀，成就了她扎實的中文底子：

「小時候，物資不是很豐富，連電視也不大普及，沒有太多可供玩樂的東西，但是在書本裡，可以找到無窮想像和樂趣，覺得自己好像超越了當時的生活。」

雖然陳麒淩是大陸人，不過，她對台灣的作家可是如數家珍：

「在小學的時候就看過瓊瑤、金庸，初中看三毛，另外，像是柏楊的短篇小說《龍眼粥》讓我印象非常深刻；愛亞的極短篇中，情節的轉折對我影響非常大，還有潘人木溫暖的文風、蔣曉雲寫愛情的穿透力、席慕蓉的詩、張曼娟的〈儼然記〉……等等。」

從小愛好文學、痛恨數學的她，大學也選擇了師範學院的中文系，碩士學位是廣東中山大學的現代文學系，目前是陽江廣播電視大學教師（相當於台灣的空中大學），在教書、做家務之餘，陳麒淩將寫小說當成業餘的愛好。

為什麼陳麒淩會開始寫作呢？

二〇〇三年，陳麒淩剛生完小孩，起了寫小說的念頭，於是寫了短篇小說投稿，自此以後，寫了數十篇短篇小說，多見於大陸的雜誌《花溪》、《南風》、《讀者》：

「想起沈從文說過，『我的心太雜亂，只有寫作才能消耗掉。』這是我很認同的一個理由。我的個性膽小，傳統，中庸，喜歡平靜簡單生活，一切都求穩妥，不可能嘗試一些很冒險的經歷，只有讓想像狂野，在想像的故事裡體驗不同的人生，像演員入戲一樣，似乎這樣人生就豐富起來了。至於為何選擇寫愛情小說，我認為每個人在愛情裡面都是最純粹的狀態，愛情的感覺是人生命中極為美好的體驗。我其實想透過寫愛情來寫女人的人生，也出於一直以來對女性的命運以及永恆的人性感興趣。」

求之不得——愛情最美的信仰

陳麒淩的頭號粉絲，就是她的先生：

「第一次寫的短篇小說，最早就是拿給我先生看，當初是他鼓勵我無論如何先投稿再說。我是個不大有自信的人，需要很多鼓勵，而無論我寫什麼他都說好，給我很大的信心。最享受的是奮力完成一篇小說，等他坐下來看的時候，在對面觀察他的表情，如果能把他看哭了，那真是非常成功的感覺。」

受到台灣作家深刻影響的陳麒淩，偏好寫情感濃烈的愛情，不過為何她的小說情節多半以悲劇沉重的色彩為基調？

「從前我在電視上看過一段劇情，對白是這樣的，女人對男人有三個層次，最低的層次是『千依百順』，次之是『若即若離』，最高的層次則是讓男人『求之不得』。也有個科學報導說，愛情的狀態，最多只能維持三十個月，進入婚姻之後，多半會轉化成親情和友情。我寫過一篇小說《盛開》，文中寫到一個女孩只談三個月的戀愛就堅決離開，她這樣解釋：『就好像是看戲，看到最精采的時候，你要捨得馬上出來，那這部戲啊就永遠是最精采的戲；就像是看花，花兒開得最盛的時候，你要捨得馬上離開，那你心裡就永遠留著那花兒最美的樣子。』她的話表達了對愛情的看法，那是最美麗但也是最脆弱的東西，有時為了讓它長久保鮮，也許還是不要得到才好。就像《白衣》裡的女主角，遠遠地觀望，讓他成為心裡最美的信仰。

「我對愛情的看法是有兩面的，一方面相信世界上有浪漫的愛情存在，所以我才能寫愛情小說，另一方面，我又認為愛情是非常現實冷酷的，所以我寫的小說，很少有圓滿的結局。」

那麼，陳麒淩自己又有過什麼樣的愛情故事呢？

「我沒有什麼戀愛經驗啦，初戀就結婚了，我先生是我大學的學長，當時新生開學，就是他來接我的，還幫我搬很重的行李到宿舍六樓。因為我們是好朋友，自然而然的就走在一起，沒什麼特別的。不過，當時也經歷過他的父母反對，雖然只有一個夏天，但是，那痛苦的體驗，也足夠支撐我寫很多悲傷的故事。

「他的父母是農村人，我婆婆本身長得很漂亮，他們一直都很想要有個漂亮的兒媳婦，認為這樣生下來的小孩好看些。公公當時反對尤其激烈，甚至要跟我先生斷絕父子關係……」

陳麒淩的先生做了一個令全天下父母心碎，讓全天下女人感動的選擇：

「當時公公說出要斷絕關係的話，我先生就立刻收拾行李，並且對父母說：『我已經長大了，有權利選擇我喜歡的人，如果你們不同意，那我只好選擇跟你們斷絕關係！』我先生是一個個性很單純又乖的孩子，不大忍心違逆父母，當時我們兩個人還抱在一起痛哭了一夜……後來，他父母只好同意。所以，如果兩個人想要在一起的心非常堅定，父母通常也都會軟化的。」

夫妻兩人共同經歷過艱困的局面，也就有更多一起面對未來的決心和勇氣，直到現在，結婚十一年，每年陳麒淩生日的時候，她先生都會記得送一束紅色玫瑰花給她，附上一張生日快樂的卡片：

「我都說，你別再送啦，省點錢嘛，我都知道你要送什麼了！沒驚喜的。」

雖然嘴上這樣講，不過問陳麒淩，如果明年生日先生就忘記送花了，會不會生氣呢？她甜蜜的笑著說：「呵，大概會吧！不過至少到目前為止，從沒有忘記過。」

居住中國的極北到極南，體會愛情的浪漫到現實，從兩岸的書香和文化之中，陳麒淩用她特殊的眼光冷眼旁觀愛情的面貌，書寫出一篇篇關於小人物的愛恨悲歡，在她的文字裡，我們靜靜聆聽愛情的餘韻，低迴不已。

國家圖書館出版品預行編目資料

盛開：陳麒淩短篇小說集 / 陳麒淩著.--初版.--臺北市：皇冠. 2012.02
面；公分（皇冠叢書；第4193種）
（JOY；139）
ISBN 978-957-33-2877-3（平裝）

857.63 101001307

皇冠叢書第4193種
JOY 139

盛開

陳麒淩短篇小說集

作　者—陳麒淩
發 行 人—平雲
出版發行—皇冠文化出版有限公司
台北市敦化北路120巷50號
電話◎02-27168888
郵撥帳號◎15261516號
皇冠出版社(香港)有限公司
香港上環文咸東街50號寶恒商業中心
23樓2301-3室
電話◎2529-1778　傳真◎2527-0904
責任主編—盧春旭
責任編輯—許婷婷
美術設計—程郁婷
著作完成日期—2011年6月
初版一刷日期—2012年2月

法律顧問—王惠光律師
有著作權・翻印必究
如有破損或裝訂錯誤，請寄回本社更換
讀者服務傳真專線◎02-27150507
電腦編號◎406139
ISBN◎978-957-33-2877-3
Printed in Taiwan
本書定價◎新台幣250元/港幣83元

• 皇冠讀樂網：www.crown.com.tw
• 皇冠Facebook：www.facebook.com/crownbook
• 皇冠Plurk：www.plurk.com/crownbook
• 小王子的編輯夢：crownbook.pixnet.net/blog